영화가
내게
말을 걸다

영화가
내게
말을 걸다

이상은

알비

학교에서 배운 예술은 어디 써먹지도 못하고, 인생은 퇴화하던 20대 중반쯤이었다. 아르바이트가 끝나면 동료들과 술을 마셨다. 취하고, 다음 날엔 정신없이 어제를 더듬으며 해장했다. 그 시절에는 그렇게 시간을 보냈다. 함께 웃고 떠들고 시간을 보냈던 동료들이 어떤 사람인지는 잘 기억나지 않는다. 딱히 상관이 없었기 때문일 것이다.

이런 시간들이 내가 원하던 것은 아니라는 깨달음이 번쩍 들었다. 어떤 사람이 되고 싶지? 어떤 삶을 살고 싶은 거지? 따위의 질문을 자문해 봐도 명확한 답은 나오지 않고 어정쩡한 형태로 마음속을 맴돌았다.

답답한 마음에 무작정 영화를 보았다. 그때의 나는 뭐라도 해야 했다. 누군가 보라고 했던 영화, 세간의 평이 좋은 영화 등을 찾아보며 하루에 영화를 한 편씩 봤다. 센치한 청춘이라 그랬는지 영화에 곧잘 웃고 울었다.

영화를 보고 또 봤다. 동이 틀 때까지 보고도 영화가 보고 싶었다. 그리고 삶을 살고 싶어졌다. 일찍 죽고 싶다는 시니컬한 마음은 건강하게 오래 살아 영화를 많이 보자는 마음으로 바뀌었다. 너저분하고 권태롭기만 하던 삶이, 영원하지 않아도 허무하지 않으며, 아름다울 수 있다는 사실을 알게 됐다. 영화는 날 계속 살게 하며, 제대로 살게 했다. 영화는 나에게 일종의 구원이 되었다.

마음을 쓸 기회를 만들어 준 리얼북스 최병윤 대표님과, 이우경 편집자님께 감사의 마음을 전한다. 글을 쓰는 동안 시시콜콜한 내 질문에 답해준 여의도 동료들에게 고마움을 표하며, 끔찍하리만큼 사랑을 주는 나의 엄마 이경혜에게는 알려주고 싶다. 나도 당신 못지않게 사랑하고 있다는걸. 또한 받는 사랑과 하는 사랑을 모두 알게 해 준 나의 연인 환현에게도 사랑의 말을 전한다. 끝으로 이 책을 고른 독자분들은 여러분을 계속 살게 해주는 사랑을 꼭 만나길 바란다.

이상은

Contents

scene 02, 영화가 내게 말을 걸다

scene 03, 사람에 대한, 사랑에 관한, 물음

SCENE 01

**너에게만,
예외를 만드는 일**

#01

+

사랑은 돌아오는 거야

"

그는 어딘가로 걸어갔고,

나는 버스를 타고 집으로 갔다.

그날, 남은 시간은 외롭고 괴로웠다.

"

풋풋한 고등학교 시절, 평소 좋아하던 친구가 있었다. 용기 또는 객기를 부려 그 친구에게 영화를 보러 가자고 했다. 거절당할까 두려웠는데, 웬일로 그 친구도 보자고 했다. 마음속으로 쾌재를 부르며 그날 마스크 팩도 했다. 약속 날, 다른 날보다 조금이나마 더 예쁘게 보이기를 소원하며.

정류장에서 보기로 했는데, 약속 시간이 돼도 그가 나타나지 않았다. 우리가 타야 하는 버스를 한 2~3대쯤 보냈을 때, 그가 도착했다. 점심을 먹고 낮잠을 잤다고 했다. 나는 설레어 어제부터 잠을 설쳤는데. 그와 나란히 낯설게 서 있다 오는 버스를 타고 영화관으로 이동했다.

도착하니 우리가 보기로 한 영화는 바로 입장할 수 있었는데, 자리가 별로였다. 너무 가까이에서 봐야 했다. C열인가 D열이었나. 게다가 약간 측면이었다. 다음 회차는 한 시간 정도 후에 있었고, 좌석도 좋은 데로 고를 수 있었다. 한 시간 정도면 우리가 어딘가에 앉아 마주 보고 시답잖은 얘기를 나누면 좋을 것 같다고 생각했다. 그래서 다음 거 보자, 라고 하니 그가 말했다. 그냥 이거 보자. 매표소 직원이 결정을 바라는 눈빛으로 우리를 번갈아 쳐다봤다. 그를 봤는데, 그의 눈빛이 너무 정확했다. 고개를 돌려 매표소 직원에게 말했다. 지금 꺼 주세요.

그는 편안해 보였다. 그 이유는 영화를 빨리 볼 수 있어서가 아니라 빨리 헤어질 수 있어서인것 같았다. 영화를 보는 동안 심장이 뛰거나, 팝콘을 먹으면서 일어날 수 있는 스킨십이나, 서로를 위한 배려 같은 건 느낄 수 없었다. 영화를 보는 내내 착잡했다. 착잡함은 그게 끝이 아니었다. 영화를 보러 나오면서 그는 아까 점심을 많이 먹어 배가 고프지 않다는 말을 나에게 잘 들리게 말했다. 어떤 말도 하지 못하고 있는 내게 그가 물었다. 저녁을 먹을 거냐고. 영화표는 그가 사서, 저녁은 내가 사기로 했는데. 그러니까 그에겐 공짜 저녁이었는데도 집에 가고 싶어 했다.

그와 더 있고 싶어 가라고도 못 하겠고, 그렇다고 가고 싶어 하는 그를 붙잡아 놓기도 애매해 우물쭈물 걷다 그가 언젠가 한 번 먹어봤다는 고깃집에 들어갔다. 고기가 구워지는 동안 이런저런 얘기를 하며 먹는 중이었는데, 그에게 전화가 왔다. 그의 친구였는데, 농구를 할 건데 올 거냐고 묻는 듯했다. 그의 얼굴에 화색이 돌았다. 나와 있는 시간 동안 볼 수 없던 생기를 보니 얼른 헤어져야 할 것 같았다. 식당을 나온 그는 할 일을 끝낸 사람의 얼굴이었다. 그는 웃었고, 나는 웃는 척을 했다. 그는 어딘가로 걸어갔고, 나는 버스를 타고 집으로 갔다. 돌아가는 버스에선 순간순간마다 어떻게 하면 빨리 나와 헤어질 수 있을지 고민하는 그의 모습이 자꾸 플래시백 됐다. 그날 남은 시간은 외롭고 괴로웠다.

영화 '비포' 시리즈 중 〈선라이즈〉의 낭만도 좋고, 〈미드나잇〉의 무르익은 사랑도 좋지만 내가 가장 좋아하는 편은 〈선셋〉이다. 파리에서 우연히 9년 만에 재회하는 제시(에단 호크 분)와 셀린느(줄리 델

피 분)가 길을 걷고 또 걸으며 이야기를 하는 영화. 딱히 어떤 사건이랄 것 없이 그저 오랫동안 쌓인 이야기들을 나누고, 서로에 대한 감정을 이야기하는 듯 마는 듯 하는 그 간질간질함. 대화만 하는데도 나는 혼이 쏙 빠졌다.

제시와 셀린느는 계속 걷는다. 제시는 비행기를 타러 공항에 가야 하지만 계속 걷는다. 그러다 결국 셀린느의 집까지 걷게 된다. 제시는 집에서 셀린느가 작곡한 노래 딱 한 곡만 듣고 가기로 한다. 셀린느는 기타를 들고 노래를 시작한다. 그러나 노래가 끝나도 제시는 일어나지 않는다. 셀린느가 음악을 틀고 살랑살랑 춤추는 모습을 그저 사랑스럽게 바라본다. 그런 제시에게 셀린느가 말한다.

"You are gonna miss that plane"
자기, 이러다 비행기 놓쳐

"I know"

알아

순간 마음이 멈추는 듯했다. 셀린느를 1분 1초라도 더 보려는 마음. 어쩌면 공항에 급하게 갔을, 혹은 비행기를 놓칠 걸 알면서도, 셀린느를 좀 더 볼 수만 있다면 무엇도 상관없었을 제시의 마음은 사랑이 아닌 다른 말로는 설명이 안 될 것 같았다.

언젠가 스치듯 들은 '사랑이 로맨틱한 건 합리를 따지지 않기 때문'이라는 말이 떠올라 사람들과 '누군가를 사랑해서 난 이거까지 해봤다'하는 주제로 이야기를 했던 적이 있었다. 그중 제일 많이 나온 것은 '돌아가는 것'이었다. 우연을 가장하기 위해서 원래 가던 길이 아니라 다른 길을 택하는 것. 조금이라도 더 같이 있기 위해 지름길이 아니라 빙 돌아가는 길을 택하는 것. 그 경험은 정도의 차이일 뿐 누군가를 좋아해 봤다면 한 번쯤은 겪어보지 않았을까.

한 드라마에서 '사랑은 돌아오는 거야'라는 유명

한 대사가 있다. 그 대사는 드라마 스토리와 연결되는 표현이지만, 우리의 일상 버전으로 빗대어 말하면 사랑은 '돌아가는 것'같다. 공항에서 점점 더 멀어지고, 설령 비행기를 놓치더라도 골목길 한 블록 한 블록을 더 걸었던 제시처럼, 고등학교 시절 추운 겨울에도 그와 돌아 돌아 오래 걷길 바랐던 나처럼.

#02

+

사랑받는 삶이 아닌 사랑하는 삶

"

우디의 삶엔 더 이상 주인이 필요 없다.

그건 '사랑받는 삶'이 아닌

'사랑하는 삶'을 선택했기 때문이다.

"

그는 자신이 연락을 잘하는 스타일이 아니라고
했고, 한 번 잠들면 어지간해선 누가 깨워도 깨지 않
는다고 했다. 그 이야길 듣고서도 그런 그가 좋았다.
내가 그의 애인이 되고, 그가 나의 애인이 된다는 사
실이 기쁘기만 했다. 그를 너무 좋아해서였을까. 그
의 미소 한 번에 마음이 녹고, 그의 무표정 한 번에
마음이 무너졌다. 길을 걸으면서, 밥을 먹으면서, 심
지어는 자면서도 그의 눈치를 봤다. 그가 여자인 친
구들을 만나러 갈 때면 불안해졌고, 친구들을 만나
는 날에는 나를 만나는 날보다 행복해 보여서 힘들
었다.

〈토이 스토리〉는 그렇게 애걸복걸 사랑했던 시절
을 떠올리게 하는 영화였다. 첫 에피소드부터 그랬
다. 첫 사건은 장난감들의 주인인 앤디의 생일이다.
장난감들은 바짝 긴장한다. 아마도 매년 생일마다
해온 일인 듯 능수능란하게 분담하여 앤디의 생일
파티 상황을 엿본다. 앤디가 자신의 상위 호환인 장
난감을 선물 받아 자신이 대체될까 봐. 그래서 앤디

와 헤어질까 봐. 남자친구가 다른 사람과 사랑에 빠질까 봐 불안해하던 내 모습을 떠올리게 했다.

3편에서는 탁아소에 가게 된 장난감들이 우디를 제외하고는 앤디의 곁으로 돌아가는 게 아니라 탁아소에 남기를 선택한다. 탁아소는 애들이 항상 놀아주고, 애들이 다 자라면 새로운 애들이 또 오니 버려지거나 잊힐 일 따윈 없는 곳이니까. 그리고 결정적으로 주인이 없으면 슬플 일도 없으니까. 하지만 우디는 계속해서 앤디에게 돌아가야 한다고. 우리는 앤디의 장난감이라고 말한다. 앤디밖에 모르는 그런 우디의 굳은 사랑을 보면서는 온종일 그의 사랑만 기다리며 그 외엔 세상에 아무도 없는 줄만 알던 내 모습이 떠올랐다.

이유는 알 수 없지만 그에게 받는 사랑이 너무 특별했다. 그에게 내 사랑은 그렇진 않았던 것 같다. 그는 나와 헤어질 수 있는 순간을 놓치지 않고 헤어지자고 했다. 물론 난 그러지 말자고 애걸복걸했지만, 우린 헤어졌다. 그리고 한동안은 그냥 아무나 만났다. 아무나 나와 놀아주기만 하면 됐다. 어차피 사랑을 받기만 하면 되는 거니까. 그런데, 정말 그러면 될 줄 알았는데. 이상하게도 그런 상황이 반복될수록 내 안에선 진실한 사랑에 대한 생각을 멈출 수가 없었다.

진짜 사랑을 받고 싶었다. 잠깐만 날 놀아주고, 재미만 보는 거 말고, 날 소중히 대해주고 꾸준히 사랑해주는 게 필요했다. 따라서 계속해서 주인이 있기를 소망하는 장난감들의 마음을 모를 것도 아니었다. 그래도 장난감들이 애처로운 건 사실이었다. 사랑받는 데 중독되고, 사랑받아야만 이어지는 삶. 그건 누군가가 나를 사랑해주지 않으면 나를 사랑할 수 없었고, 그런 마음에 누구라도 만나야 했던 불안한 시절의 나와 닮아 있었다.

이러나저러나 장난감들과 앤디에겐 필연적인 헤어짐이 있었고, 장난감들은 그 이별을 미리 선수 쳐

'보니'에게 가기로 결심한다. 그렇게 장난감들과 앤디는 이별한다. 장난감들은 다시 사랑받으니 해피엔딩인 걸까? 그렇다고 생각될 수도 있겠지만, 나로 생각하면 그냥 그와 헤어지고 새로운 남자친구를 만나는 정도의 상황일 뿐이다. 그게 해피엔딩일까?

나도 그와 헤어지고 얼마간은 힘들었지만 어쨌든 또 남자친구가 생겼다. 새로운 남자친구는 그보다 나에게 훨씬 더 잘해줬고, 다정했다. 하지만 그의 마음도 오래가지 못했다. 그도 어느 순간부터 나에게 사랑을 주지 않았다. 전 경험에서 체득한 탓에 나는 나를 사랑하지 않는 그를 바로 단념할 수 있었다. 세상에 남자는 많으니까. 날 사랑해 줄 남자는 분명 또 있으니까. 난 그 사실을 알게 됐으니까.

다행히 영화의 엔딩은 따로 있다. 시리즈의 마지막인 4편은 보니의 집에서 시작된다. 앤디에게 최애 장난감이었던 우디는 보니에게선 먼지 구덩이 신세가 된다. 그럼에도 우디는 보니의 곁을 지키려고 안

간힘을 쓴다. 어린이집 첫날을 긴장하는 보니를 도
와주기 위해 우디는 보니의 가방에 몰래 잠입한다.
덕분에 보니는 어린이집에서 일회용 포크로 장난감
'포키'를 만들어낸다. 그렇지만 포키는 장난감의 운
명을 거부하고 계속해서 자신을 쓰레기라고 생각하
며 도망친다. 보니는 포키를 찾고, 포키는 도망친다.
우디는 포키를 찾으러 떠난다.

그 길에서 우디는 오래전에 앤디의 집에서 앤디
의 여동생 몰리에게 버려졌던 '보핍'을 만난다. 보핍
은 그간 주인이 없는 바깥 생활에 완벽히 적응한 상
태였다. 드레스 따윈 집어던지고 이곳저곳을 뛰어다
닌다. 그런 보핍은 꽤나 멋있어 보인다. 우디는 보핍
에게 설렘을 느낀다. 우디는 그간 바깥 생활을 마스
터한 보핍의 조언을 따라 포키를 찾아낸다. 우디는
포키를 보니의 곁으로 보낸다. 그런데 정작 우디는
보니에게 돌아가지 않는다. 보핍의 곁에 남는다. 이
게 토이 스토리의 엔딩이다.

에리히 프롬의 〈사랑의 기술〉에는 이런 구절이 있다.

"대부분의 사람들은 사랑의 문제를 '사랑하는', 곧 사랑할 줄 아는 능력의 문제가 아니라 오히려 '사랑받는' 문제로 생각한다. 그들에게 사랑의 문제는 어떻게 하면 사랑받을 수 있는가, 어떻게 하면 사랑스러워지는가 하는 문제이다."

우디를 포함해 장난감들은 사랑을 받지 못하면 자신의 쓸모가 다했다고 생각한다. 그 의미를 더 확대하면 사랑을 받지 못한다는 것은 곧 존재의 의미를, 나아가 삶의 목적을 잃은 것이나 마찬가지라고 여긴다는 것이다. 하지만 사랑을 받지 못한다고 장난감들이 쓸모없는 쓰레기인가? 앤디의 곁도, 보니의 곁도 아닌 곳에서도 우디의 삶은 이어진다. 왜냐면 우디가 더 이상 '받는 사랑'이 아니라 '하는 사랑'을 택했기 때문에.

나에게도 엔딩은 따로 있다. 사랑받고 버림받기를 반복하던 나는 한동안 이성에게 사랑받지 못하는 것이 내가 충분히 예쁘지 않거나, 매력이 없거나, 쓸모없는 사람이라는 것을 의미한다고 생각했던 적이 있었다. 가만히 들여다보니 나를 사랑해주는 남자 친구들 없이도 내 삶은 이어졌으며, 어느 순간 자연스럽게 '받는 사랑'이 아니라 '하는 사랑'을 하고 있었다. '하는 사랑'은 비로소 정말로 사랑을 알게 되는 기분이 들었고, 여태의 삶과 분명 다른 기분이 들었다.

토이 스토리 4편은 시리즈의 마지막 편이다. '마지막'이라는 느낌보다는 '또 다른 시작'이라는 느낌이 든다. 우디에겐 새로운 삶이 시작된다. 그건 우디가 바깥 생활이라는 새로운 생활 방식을 선택한 탓도 있겠지만 그 아래엔 사랑이라는 의미가 있다고 생각한다. 사랑한다는 것은 곧 새로운 삶, 이라는 걸 아마 영화가 은유적으로 말하고 있는 게 아닐까. 우디의 삶엔 더 이상 주인이 필요 없다. 그건 '사랑받

는 삶'이 아닌 '사랑하는 삶'을 선택했기 때문이며,
이건 비단 장난감들만의 이야기는 아닐 것이다.

#03

+

너에게만, 예외를 만드는 일

"

다른 사람은 걱정되지 않아도

너는 걱정되며,

다른 사람들 말에 귀 기울이지 않아도

너의 말만큼은

귀 기울여 듣게 되는 것.

"

초등학교 때 학년 전체가 강원도 어딘가로 수련회를 간 적이 있었다. 아마도 내 인생 첫 수련회였던 것 같다. 수련회 급식이 맛없으리라 생각하지 못했으니까 메뉴도, 맛도, 심지어는 온도도 별로였다. 다행히 매점이 있었으나 수련회 급식이 맛없을 거라고 생각하지 못했던 터라, 돈을 가져온 애들이 별로 없었다. 물론 나도 마찬가지였다.

그 순간 어디선가 와그작와그작 소리가 들렸다. 돈을 챙겨 온 친구가 매점에서 감자 과자를 샀다. 양옆에 친구 둘을 끼고 감자 과자를 입으로 부숴버리면서 와그작와그작 소리를 내는 그 모습은 권력자의 모습 같았다. 숙소에서 아이들은 모두 그 친구를 바라보고 있었다. 배고픈 어린애들은 1차원적이지 않은가.

그 친구가 모두에게 제안했다. 가위바위보를 해서 자신과 똑같은 걸 계속 내는 한 명에게 과자를 조금 주겠다고. 평소에는 친하지 않았던 친구들도 그 친구와 같은 마음이려고 애썼다. 한 세 명쯤 남았을 때였을까. 긴장감이 맴도는 순간, 갑자기 소리가 들렸다. 와그작. 과자를 가진 애의 옆에 있던 친구가 과자를 먹는 소리였다. 가위바위보에서 탈락한 친구가 그 광경을 손으로 가리키며 크게 이야기했다.

"쟤는 가위바위보 안 했는데?"

순간적으로 정적이 흘렀다. 그 친구의 예리함 때문이 아니라, 둔함 때문이었다. 과자를 가진 친구가 이런 것까지 설명해줘야 하나 싶은 투로 말했다.

"애는 나랑 친하잖아"

지적한 친구가 벙찐 표정을 지었다. 아마 그 이유를 전혀 생각하지 못한 것 같았다. 가위바위보를 다시 시작했다. 과자를 가진 애의 친한 친구는 아무렇지 않게 과자를 먹으며 가위바위보를 구경했다. 마침내 가위바위보 승자가 정해지고, 과자를 어느 정도 받게 됐다. 그리고 가위바위보 게임에서 이긴 애의 친구들은 아무렇지 않게 그 애 손에 담겨있는 과자를 먹었다. 그 친구랑 친했으니까.

먹는 것으로 얘기를 시작했으니, 먹는 것으로 비유를 들어보자. 너무나 가고 싶었던 맛집에 가기로 했을 때, 갈망하는 마음만으로는 그곳에 들어갈 수 없다. 오픈 런에 실패하면 한없이 기다려야 하고, 인내심 부족으로 웨이팅을 버티지 못하면 들어갈 수 없으며, 언제나 공평하게 온 순서대로 들어가야 한다. 그렇게 기다려서 들어가면 기다리느라 고생했고 미안하다는 말은커녕 바빠서 예민해진 직원들의 눈치를 볼 때가 태반이다. 주문하면 시킨 만큼의 양이 나오고, 맛있게 잘 먹더라도 잘 먹어서 이쁘다며 더 먹으라고 주지 않는다. 돈을 내야만 더 먹을 수 있다.

누군가를 기다리지 않고 들여보내 주고, 저쪽 테이블만 자꾸 뭘 주고, 나한텐 쌀쌀맞은데 다른 사람에게만 다정하게 대해준다면 어떨까? 오히려 그게 더 이상하다. 평등함, 그건 맛집뿐 아니라 다수의 삶에선 필수적인 부분이다. 하지만 개인으로서의 삶은 평등함으로 만 삶이 유지되긴 어렵다. 그와 상응하는 특별함이 필요하다. 아마 이따금 사람들을 속수무책으로 무너뜨렸을 특별함.

영화 〈아이다호〉에서 마이크(리버 피닉스 분)와 스코트(키아누 리브스 분)는 부랑자로 살며 돈을 벌기 위해 섹스를 한다. 둘은 친해지고, 마이크는 스코트에게 우정과 사랑이 섞인 감정을 느껴 스코트에게 이렇게 말한다.

"I mean… I mean for me, I could love someone even if I… wasn't paid for it. I love you and… you don't pay me"
나는 누군가를 사랑할 수 있어. 돈 안 받고 말이야… 널 사랑해, 그리고 넌 돈 안 내도 돼

생각해보면 사랑은 늘 이런 식이지 않나? 모두에

게 잘해주는 게 아니라 너에게만 잘해주게 되는 것
이며, 너이기 때문에 잘해준 것이라는 것. 다른 사람
은 걱정되지 않아도 너는 걱정되며, 다른 사람들 말
에 귀 기울이지 않아도 너의 말만큼은 귀 기울여 듣
게 되는 것.

　　매 순간 가위바위보를 하며 산다고 해도 과언이
아닌 삶에서 짧고 순간적이지만 반짝반짝 빛나는 순
간이 있다면 그건 사랑하고 사랑받는 순간이라고 생
각한다. 그런 순간엔 왠지 세상에 존재하는 무수한
질서를 뒤로할 수 있게 된다. 너에게만 적용되는 예
외의 마음. 예외를 만드는 일, 아마 사랑의 일은 그런
것 같다.

#04

+

Sleeping and Sex

"

불면증이 있다던 홍이

유일하게 잠을 잘 자는 순간은

유림과 함께 있을 때다.

"

어릴 적, 얼떨결에 영화 〈연애의 목적〉을 본 적이 있었다. 멋진 남자 주인공이 나오고, 사랑스러운 여자 주인공이 나오는 로맨틱 코미디라고 생각한 내 예상은 첫 대사부터 와르르 무너졌다. 첫 대사가 "젖었어요?"였으니까. 학교 운동장 벤치에서 침을 꿀꺽 삼키며 흔들리는 눈과 마음으로 영화를 더 볼지, 끌지 고민하다 참고 보았다. 그렇게 마음먹은 지 채 삼십 분도 지나지 않았을 때, 카섹스 신이 나왔다. 다급히 영화를 닫고 검색해보니 관람 등급이 '청소년 관람 불가'였다. 여러모로 보면 안 되는 영화였구나. 황급히 창을 닫고 텅 빈 컴퓨터 화면만 바라봤었다.

몇 년 후, 친구들이랑 영화에 관해 이야기를 나누다가 다시 〈연애의 목적〉이 떠올랐다. 초반부가 그랬으니, 뒤에는 얼마나 수위가 셀까? 궁금증에 영화를 다시 틀었다. 오늘은 꼭 다 보겠다고 마음을 먹었다. 오늘은 꼭 알아야겠다. 연애의 목적이 뭔지. 유림(박해일 분)이 교생실습으로 학교에 온 홍(강혜정 분)에게 대놓고 같이 자고 싶다고 말하거나, 으슥한 골

목을 가리키며 키스라도 하고 가자고 할 때는 정말 속수무책이었다. 영화 내내 그런 장면과 대사가 반복됐다. 엔딩 크레딧이 올라가자 머릿속이 어질어질했다. 연애의 목적은 '섹스'라는 것인가.

내게도 연애라는 게 시작됐다. 연애는 정말이지 말 한마디 한마디에 귀 기울이게 되고, 눈빛만 마주쳐도 저릿하며 스치는 손끝엔 심장이 바깥으로 나올 것만 같았다. 물론 처음만. 그러다 손잡는 것도 익숙하고, 옷 벗는 것도 익숙해지면 상대방은 어딘가 모르게 나와의 만남이 지루해 보였다. 나의 연애는 기승전 섹스였다. '다음 주에 보자'라고 하는 말은 '다음 주에 하자'라는 말처럼 들렸다. 날 만나는 목적, 이 연애에 대한 목적이 분명해 보였다. 그래, 연애는 섹스를 합법적으로 하기 위해 예의상 하는 거니까. 유림이 그랬던 것처럼.

한동안 연애가 우스웠다. 결국 섹스면서. 섹스를 위해서 연애라는 역할 놀이를 하는 것이 웃겼다. 차라리 유림처럼 섹스하고 싶다고 말하지 왜 사랑 타령을 하는 걸까. 그래서 옆에 누운 남자친구가 속없이 코까지 골아가며 잘 때, 나는 한 번도 제대로 자 본 적이 없었다. 정말 피곤해도 잠이 오지 않았다. 불면증이라고 생각했다. 그런 날들이 반복되다 문득, 영화 속 '홍'이 떠올랐다. '홍'도 잠을 못 잤던 것 같은데….

〈연애의 목적〉을 다시 보았다. 내게 어지러울 정도로 큰 임팩트를 주었던 야한 대사와 장면들은 이제 아무렇지도 않았다. 그때는 있는 줄도 몰랐던 장면들이 보였다. 퇴근 후 홍은 집 현관문을 3중으로 잠그고, 잘 잠겼는지도 다시 확인한다. 창문도 닫고, 커튼도 치고 침대에 눕지만 잠에 들지 못한다. 밖에서 나는 온갖 소리에 벌떡벌떡 놀라 일어난다. 혹시나 소음이 필요한 걸까 싶어 티브이를 작은 볼륨으로 틀어놓지만 잠에 들지 못한다. 또한, 쿨쿨 자는 애인 옆에서도 잠 못 자며 뒤척이고, 그런 홍을 재워주겠다며 끌어안는 애인의 품 안에서도 눈을 슬며시

뜬다. 뭐야, 이 영화 야한 영화 아니었어? 이렇게 마음 아픈 영화였어? 잠을 못 이루는 '홍'에게 시린 감정 이입을 하며 영화를 계속 봤다.

불면증이 있다던 홍이 유일하게 잠을 잘 자는 순간은 유림과 함께 있을 때였다. 꾸벅꾸벅 창문에 머리를 부딪히면서도 잤다. 보다보다 유림이 물었다. 불면증이 맞냐고. 홍은 졸린 목소리로 원래는 불면증인데, 너랑 있으면 잠이 온다고 했다. 그 장면에서 눈물이 핑 돌았다. 홍이 잘 잤던 이유는, 유림이 자신을 진심으로 사랑함을 느꼈기 때문은 아니었을까.

홍과 자고 싶어서(Sex) 다가갔던 유림, 잘 잘 수 있어서(Sleeping) 유림을 만났던 홍. 둘은 자기 위해서 서로를 만난다. 심지어 실컷 싸우고 다시 화해하는 과정에서 홍이 유림에게 보내는 메시지도 "잠이 안 와 같이 자고 싶어"니까 말 다했지 않나. 메시지를 보고 유림은 정신없이 홍에게 달려간다. 그럴 만도 하다. 보는 나조차도 홍에게 달려가고 싶었으니까. 달려가서 홍을 재워주고 싶었으니까.

'연애의 목적'은 자는 것(Sex)으로 시작될지언
정, 결국엔 함께 자는 일(Sleeping)이라는 것을 알기
까지. 영화가 끝나고 멍하니 앉아 잠들지 못한 숱한
날들을 떠올렸다. 잠이 아니라 사랑이 필요했던 날
들.

#05

+

사랑은 눈에 보인다. 그것도 아주 잘

"

어디 있어?

사랑이 어디 있어?

볼 수도, 만질 수도,

느낄 수도 없어!

"

정세랑 작가의 〈피프티 피플〉에는 마취과 의사(이하 그)가 인턴 동기였던 외과 의사(이하 그녀)를 좋아하는 에피소드가 있다. 하루는 그녀가 수술 도중 중심을 잃고 넘어질 뻔했는데, 그가 재빨리 팔로 받아낸다. 사람들은 그의 순발력을 칭찬했지만, 순발력이 아니라 계속해서 그녀를 지켜보고 있었기 때문이었다. 덕분에 밥과 영화 약속을 얻게 된 그는 그녀에게 혹시 데이트인 거냐고 물어보려는데 그녀가 먼저 '데이트 맞아요'하고 말한다. 그는 어안이 벙벙하다 이내 깨달았다. '알고 있었어. 내가 좋아하는 걸 알고 있었어. 인턴을 같이 한 건 고사하고, 마스크 너머 얼굴이나 알아볼까 싶었는데, 좋아하는 걸 어떻게 안 거지? 아마도, 눈만 보고.'

한번은 이런 적이 있었다. 내가 어떤 사람을 좋아하는데 그 사람은 다른 사람을 좋아하고 있었다. 그 광경을 보는 건 끔찍한 일이었다. 내가 좋아하는 사람이 다른 사람을 좋아하는 것이 내 눈에 잘 보이는 일이라면, 다른 사람들도 내가 그 사람을 좋아하는 걸 이미 알고 있을 확률이 높았다. 그것이 너무 바보 같이 보일까 봐 좋아하는 걸 그만하고 싶었다. 하지만 좋아하는 건 어쩐지 시작하고 그만두는 일 따위가 아니라서 나는 결국 몇 명에게는 들켰고, 몇 명에게는 털어놨다.

'사랑은 믿어야 하는 일'이라는 말을 좋아하지 않는다. 어떤 프로그램에선 '술 마시고 클럽에 가겠다는 애인이 괜찮다, 괜찮지 않다'라는 주제로 각각의 입장을 말한 적이 있었다. '보내준다'와 '안 된다'로 갈렸다. 안 된다는 입장의 이유는 다들 생각하다시피 가늠하지 못한 일들이 일어날까봐 인데, 보내주는 입장에선 '상대방을 믿어야 한다'고 말했다. 상대방을 믿어야 하나? 믿는 게 사랑인가? 그렇다면 난 누구도 사랑한 적이 없다.

지난 연애 동안 끝없이 상대를 믿으려고 노력했다. 그러나 번번이 그러지 못했다. 결국 믿지 못한 내 잘못이었을까? 내 믿음이 부족해 관계를 망쳐버린 거라고 생각했지만, 이제 와 생각해보면, 믿게끔 해주는 게 사랑에 더 가까운 거라는 생각이 든다. 애인을 불안하게 만들 수도 있는 행동을 하면서 믿지 못하면 사랑에 믿음이 부족하다고 말하는 건 틀린 것 같다. 오히려 그렇게 말하는 쪽의 사랑이 부족한 거 아닌가?

어느 정도 지난한 연애를 겪고 나서인지, 요즘 안정적인 연애를 하는 듯하다. 과거의 나는 어땠나? 늦은 밤 전화로 친구에게 '애인이 헤어지자고 했다'며 우는 얘기를 하거나, 애인을 잊기 위해 새벽까지 음악을 크게 들으며 술을 마시기도 했다. 이제는 무던하게 일할 땐 일하고, 사랑할 땐 사랑하며 안정된 템포로 연애하고 있다.

덕분에 '얼굴 좋아 보인다'라는 말을 듣는데 쑥스럽지만 맞는 말이다. 얼굴에 건드린 거 없고, 헤어스타일도 길이 말고는 딱히 달라진 것도 없고, 이제는 화장도 하지 않는데 사람들은 자꾸 얼굴이 좋아졌다고 한다. 처음엔 그런 말을 듣는 게 약간은 부끄러워서 대답은 못 하고 멋쩍게 웃기만 했는데, 사진을 보니 사진 속 내가 사람들 말 그대로 행복해 보여서 헛웃음이 나왔다. 불안한 연애를 하는 동안에 도대체 내 얼굴은 어땠던 거지?

안정과 행복이 얼굴에 드러나듯, 불안도 얼굴에 드러난다. 그때의 사진을 보면 웃는 사진도 물론 있지만, 어딘가 기운이 안 좋은 쪽으로 다르다고 해야 할까. 그리고 사람들에게 읽히진 않겠지만 사진을 보니 힘들었던 시간, 힘들다 못해 지친 마음으로 살던 기억이 무수하게 떠올랐다. 더 보고 싶지 않아 다시 가장 최근 사진으로, 내가 분명하게 행복해 보이는 사진으로 돌아갔다. 이렇게 다르다니. 이렇게 드러나다니.

이런 생각 끝에는 늘 영화 〈클로저〉가 생각난다. 반복해서 어그러지는 관계에 지치고 화난 앨리스(나탈리 포트만 분)는 사랑한다고 말하는 댄(주

드 로 분)에게 소리친다. '어디 있어? 사랑이 어디 있
어? 볼 수도, 만질 수도, 느낄 수도 없어!'라고. 나도
앨리스처럼 나의 연인들에게 소리치고 싶었다. 하지
만 난 그러지 못했고, 진짜 남은 사랑이 없는지, 숨어
있는 마음이 없는지 구질구질하게 쳐다보고 뒤져봐
도 없기에 헤어졌다. 그러곤 내가 찾지 못한 걸까, 섣
부른 선택이었나, 좀 더 믿어야 했나, 좀 더 이해했어
야 했나 하고 후회할 때가 있었는데, 지금 돌아본 그
자리엔 사랑이 없었음을 정확하게 확신한다. 그렇게
찾기 힘든 마음은 사랑이 아니고, 찾게 만드는 마음
또한 사랑이 아니었던 것 같다. 사랑은 눈에 보인다.
그것도 아주 잘.

+

06

지니는 물었고, 나는 묻지 못했다

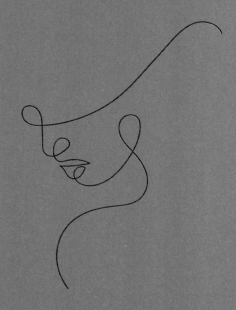

"

'네가 날 사랑하지 않았더라도

나는 널 사랑했어'라는 의미로 다가온다.

'아무것도 아니면서 모든 것인 추억'인 것처럼.

"

내 상처의 답답함을 해소하고, 상처의 기억을 조금은 웃으며 덮을 수 있게 만든 영화가 있다. 10년도 더 된 영화 〈S다이어리〉다.

〈S다이어리〉의 여주인공 '지니'는 네 번째 남자친구와의 1주년 기념일 날 이별 통보를 받는다. 게다가 지니가 인정할 수 없는 말까지 듣는다. '너 그게 사랑인 줄 알아? 옛날 남자들한테 가서 물어봐. 널 사랑했는지!' 지니는 그 말을 되뇌며 20대 내내 다이어리 속에 소중하게 간직해 온 지나간 사랑들을 떠올려본다. 풋풋했던 첫사랑, 캠퍼스 커플이었던 오빠. 짜릿했던 연하남과의 사랑까지. 지니에겐 아름다운 기억으로 남아있는 시간.

지니는 그들을 찾아간다. 그리고 묻는다. '날 사랑했나요?' 그들은 대답은커녕 전혀 딴판인 얼굴로 지니와의 사랑을 부정한다. 추억마저 산산조각 나버렸다. 지니는 그런 그들이 괘씸해 그들에게 자신의 사랑에 대한 보상을 요구한다. 사랑이 적혔던 다

이어리는 어느새 십시일반 빌려줬던 돈을 받기 위한 청구서로 바뀌며, 연인이어서 알 수 있었던 그들의 약점을 이용해 끝끝내 돈을 받아낸다.

그렇게 지독하게 받아낸 돈으로 지니는 좋은 것을 사지도, 맛있는 걸 먹지도 않는다. 통쾌한 마음 대신 그 돈으로 무엇을 할 거냐고 들떠 묻는 친구들 앞에서 복잡한 얼굴로 눈물을 흘린다. 지니는 그 돈을 모두 돌려준다. 뿐만아니라 자신이 편집한 첫 책과 함께. 책과 돈을 받은 남자들은 묘한 기분에 빠졌고, 영화를 보는 나도 그랬다. 잊었는데, 생각해 보니 지니는 복수를 하려고 그들을 찾아간 게 아니었다. 지니의 애초 질문은 '날 사랑했나요?'였다.

지니는 물었고, 나는 묻지 못했다. 날 떠난 그들에게 날 정말 사랑했냐 물으면 그렇지 않다고 이야기할 것 같고, 그건 너무 끔찍했다. 아마 물을 수 있는 상황이라 해도 묻지 못할 것 같다. 그냥 지금처럼 그들의 인스타그램 아이디나 검색해 들어가 보며 연

애는 하는지, 연애하는 사람은 나랑 닮았는지, 다르
면 얼마나 다른지를 가늠하곤 했다.

비용 청구, 지니처럼 그들이 괘씸해서 받아내고
싶다. 연애의 초반이 지나가니 자연스레 저렴한 식
당으로, 그마저도 계산서는 내 쪽으로, 계산할 때는
내 뒤로 서 있던 그들이 괘씸해서. 그래서 난 한동
안 이런저런 자리에 가서 '돈 없는데 연애는 왜 하는
지 모르겠다'라고 자주 말했는데, 생각해보면 돈이
없는 그들이 싫은 게 아니라 안 쓰고 싶어 하는, 최
대한 저렴하게 데이트하고 싶어 하는 그들의 태도가
서운해서 그렇게 말했다. 그러니까, 나도 지니처럼
내 사랑을 보상받고 싶었다.

마지막으로, 돈과 책을 돌려주는 것, 어렸을 때는
그 장면이 뜻하는 바가 '네가 날 문전박대 했지만 나
는 널 용서해'라는 의미로 느꼈는데, 지금에서야 다
시 느껴지는 의미는 '네가 날 사랑하지 않았더라도
나는 널 사랑했어'라는 의미로 다가온다. 사랑한다

는 말을 상대방에게 듣지 못했어도 말할 수 있는 지니를 보면 헤어짐이 무효를 뜻하는 건 아닌 것 같다. 지니가 그들에게 선물한 책의 제목은 '아무것도 아니면서 모든 것인 추억'인 것처럼.

영화는 마지막에 그녀가 몰랐던, 그리고 앞으로도 영영 알 수 없을 순간을 보여준다. 그건 바로 지니의 전 남자친구들이 지니 모르게 노력했던 행동들. 그 장면은 처음에 지니가 물었던, '날 사랑했나요?'에 대한 일종의 대답이다. 지니의 전 남자친구들이 내뱉지 않은 대답. 지니는 이 장면을 평생 모를 것이다. 또한 나의 전 남자친구들에게도 그런 장면이 있었겠지만, 나 또한 모를 것이며 내 전 남자친구들도 내가 그들 모르게 노력한 순간을 모를 것이다. 마지막 장면을 보니 마음이 가벼워졌다. 그리고 인정했다. 우리가 서로 어떤 순간엔 서운하게 했지만, 어떤 순간엔 분명히 사랑했었다는 걸.

#07

+

헤어지는 일은, 보통의 일이 아니라는 걸

"

삶이란 결국 그런 거죠.

보내는 것…

하지만 가장 가슴 아픈 건

작별인사조차 못 했다는 거죠.

"

첫 번째 이별, 내가 K로부터 도망쳤다. K는 나를 많이 좋아했지만 K에게 줄 마음이 내겐 없었다. 그러면서도 시작했다. 알고 있다. 완전히 내 잘못이었다는 걸. 아마 새해의 시작즈음으로 기억하는데, 가족과 함께 있느라 답장이 느린 것처럼 굴다가 그날 밤 헤어지자고 말했다. '잘 쉬고 있냐'는 K의 말에 답장이 '늦었지, 사실 가족이랑 있느라 답장 늦은 거 아니야… 사실 나 못 만나겠어. 더 만날 자신이 없어. 시작해서 미안해. 마음이 생길 줄 알았어. 만나서 얘기해도 되고 꼴 보기 싫으면 그냥 이렇게 끝내도 돼'라고 말했다. K는 그렇게 오래되지 않은 시간에 답장을 했다. 기다리겠다고.

나는 답장 대신 K가 줬던 꽃을 버리고, K가 줬던 작은 뱃지를 버렸다. 기억이 나질 않는데 또 무언가를 버렸다. 그리고 사진을 삭제하고, 연락처를 삭제했다. 그렇게 K와 이별했다. 이별이란 건 이상 했다. 이별했는데 쓰레기통에 있는 사용된 콘돔이 이상했고, 아직 K의 냄새가 나는 침대가 이상했다. 정말 얼마 전까지 옷 다 벗고 섹스한 사람이랑 이제 인사도 하면 안 되는 사이가 됐다고? 그리고 내가 이런 인간 이라고 믿고 싶진 않았지만, 나는 그러니까 만나서 얘기하지 않고 문자로 이별을 통보한 예의 없는 인 간이었다. 물론 K에게 '만나고 싶으면 만나도 되고, 꼴 보기 싫으면 안 만나도 된다'라는 선택지를 주기 는 했지만, 그것 또한 비겁한 방법에 불과했다. 아마 K에겐 최악의 연애 상대로 등극했을 것 같다.

K가 저주를 걸은 것일까. 다음 연애부터 줄줄이 나 같은, 아니 나보다 더 가관인 남자들을 만났다. 그 들은 내키는 때만 사랑을 했다. 나는 데이트를 하기 로 한 날이 다가와도, 되어서도 어디를 갈지, 뭘 할지 와 같은 얘기를 꺼내지 못했다. 그날그날 그들의 눈 치를 봤다. 그들이 싫어할 것 같아서 늘 데이트 당일, 데이트 장소에 애인이 도착하지 않더라도 별일이 아 니라고, 사랑은 이렇게 쉽게 사라질 수도 있는 거라 는 이상한 생각을 스스로 주입했다. 그리고 그들은 정말로 나와의 약속을 무책임하게 어그러뜨리고 떠

나갔다.

어느 순간부턴 헤어지는 일이 너무 쉬웠다. 헤어
지자는 말이 입에 착 감겼다. 반면 사랑한다는 말은
목구멍에 틀어 막혀서 절대 나오지 않았다. 그러나
이런 삶을 내가 원했던가? 계속 이렇게 살아도 괜찮
은가? 헤어지잔 말만 잘하면서 살고 싶었던 게 아니
다. 어느 날은 그들과 찍은 사진이나 대화 내용을 빤
히 쳐다봤던 적이 있었다. 정말로 그들과 내가 사귀
었던 게 맞는 것인지, 정말로 그들과 손을 잡고 거리
를 걸으며 일상을 말했던 것인지, 아무리 보아도 믿
기지 않았다. 그들은 내게서 사라져 버렸으니까.

평소와 별반 다를 것 없던 날, 마블이나 애니메이
션 종류의 영화를 잘 보지 않는 나는 영화 편식을 하
는데, 문득 그런 영화도 봐야 작업 스펙트럼이 더 넓
어지지 않을까 하는 생각에 OTT 서비스 이용권을
결제했다. 이름만 들어본 영화들이 수두룩했다. 슬라
이드로 넘기다 보니 영화 〈라이프 오브 파이〉가 있

었다. 기억이 띄엄띄엄 있는 영화였다. 내가 제일 좋아하는 장면을 다시 봤다. 바로 파이가 작가한테 리처드 파커와의 이별을 이야기하는 장면. 그 장면의 대사는 이렇다.

"삶이란 결국 그런 거죠. 보내는 것… 하지만 가장 가슴 아픈 건 작별인사조차 못 했다는 거죠"

문득, 마음속의 어떤 퍼즐이 맞춰졌다. 그 장면의 앞뒤 대사는 이랬다.

"나와 함께 표류하면서 날 살게 해 준 리처드 파커는 그렇게 삶에서 영원히 사라졌죠. 난 아이처럼 엉엉 울었죠. 이젠 살았다는 기쁨 때문이 아니라 그렇게 가버린 리처드 파커가 야속해서 가슴이 너무 아팠어요. 난 리처드 파커에게 친구가 아니었죠. 생사를 같이했는데 돌아보지도 않고… 하지만 녀석의 눈에 비친 게 결코 내 모습만은 아니었어요. 틀림없어요. 느꼈거든요.

입증은 못 하지만… 삶이란 결국 그런 거죠. 보
내는 것… 하지만 가장 가슴 아픈 건 작별인사
조차 못 했다는 거죠."

대사는 나에게 이렇게 들렸다.

"나와 함께 사랑하면서 날 살게 해 준 그는 그
렇게 내 삶에서 영원히 사라졌죠. 난 아이처럼
엉엉 울었죠. 이젠 사랑이 끝났다는 비참함 때
문이 아니라 그렇게 가버린 그가 야속해서 가슴
이 너무 아팠어요. 난 그에게 연인이 아니었죠.
마음을 나눴었는데 돌아보지도 않고… 하지만
그가 저를 바라보는 눈빛에 사랑이 없었던 건
아니었어요. 틀림없어요. 느꼈거든요. 입증은 못
하지만… 삶이란 결국 그런 거죠. 보내는 것…
하지만 가장 가슴 아픈 건 작별인사조차 못 했
다는 거죠."

그러니까 그들과 나는 만났다 헤어졌다기보단

서로에게 나타났다 사라진 관계에 가까웠다. 마치 파이와 리처드 파커처럼.

지나간 연애를 생각하면 여전히 슬프거나 씁쓸함을 느낄 때가 있다. 그런 생각은 어쩐지 내가 그들에게 혹시 아직도 마음이 남아있나? 하는 이상한 생각까지 들기도 했다. 또한 영화를 처음 봤을 때도 파이가 얘기 끝에 결국 눈물을 흘리는 것에 대해서도 어떤 감정이기에 파이와 헤어지고선 저렇게 눈물을 흘리는 건지 알지 못했다. 이제 생각하니 나도 파이도, '이별하지 못한 헤어짐'이었기에 그랬던 게 아닐까.

그들과의 추억이 담긴 물건을 버리고, 사진을 지우고, 연락처를 삭제하는 걸 헤어지는 일로 알다니. 난 정말 바보였다. K에겐 내가 파이의 리처드 파커같이 느껴졌겠지만, K에게 함께 보낸 시간을 분명하게 기억하고 있으며 서투른 이별에도 기다리겠다고 말해줘 고맙다고 말하고 싶다.

　이제야 헤어지는 일을 하는 기분이 든다. 아무렴,
헤어지는 일은 보통의 일이 아니라는 걸 오랜 시간
에 걸쳐 호되게 깨닫는다.

#08

+

목적없는 특별함

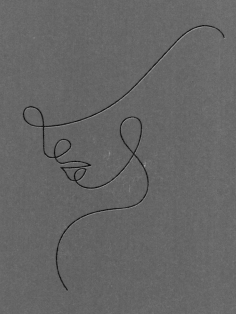

모니카는 영원을,

데이비드는 하루를.

안타깝게도 둘은 각자가 가진

사랑의 크기에 반비례하는

시간을 제안받는 셈이다.

"

몸 여기저기에 타투를 한 나는 종종 '나도 타투하고 싶은데… 망설여져'와 같은 얘기를 많이 듣는다. 타투는 한 번 하면 영원히 나의 일부가 된다. 물론 지우려면 깨끗이 지워진다지만 지울 생각을 하면서 타투를 하는 사람은 없으니, 그들의 망설임을 이해한다. 영원한 것에 쉬운 시작이 어딨으랴.

영화 〈A.I.〉의 모니카(프란시스 오코너 분)도 영원함을 망설인다. 타투는 아니고, 자식 로봇인 데이비드(할리 조엘 오스먼트 분)의 입양을. 정식 절차를 밟아 자식으로 등록하게 되면 데이비드가 모니카를 사랑하는 마음은 영원히 봉인되고 고정된다. 모니카는 확신이 없다. 이런 모니카의 마음을 데이비드는 당연히 모르고, 계속해서 모니카의 사랑을 갈구한다. 사랑을 주지 않는 것이 더 어려울 정도로 데이비드의 순수한 눈망울은 결국 모니카의 마음을 움직인다. 모니카는 데이비드를 자식으로 등록한다.

'엄마'라는 단어가 주는 뭉클함도 잠시일 뿐, 모

니카는 데이비드를 버거워한다. 데이비드는 엄마에게 사랑받기 위해 엄마의 향수를 몸 전체에 들이붓고, 난데없이 언제까지 살 거냐고 물으며 혼자 남겨질 것을 두려워한다. 절대 죽지 않았으면 좋겠다고 반복해서 말한다. 모니카는 섬뜩함을 느낀다. 그리고 모니카 부부에게는 좋은 일이겠지만, 데이비드에게는 안타까운 일이 일어난다. 모니카의 원래 아들인 마틴(제이크 토머스 분)이 혼수상태에서 깨어난다. 돌아온 마틴을 질투하던 데이비드는 숲속에 버려진다.

데이비드는 버려지고서도 모니카에게 사랑받을 방법을 찾는다. 자신이 진짜 사람이 되면 사랑을 받을 수 있을 거라고 믿으면서 피노키오를 사람으로 만들어준 '파란 요정'을 찾는다. 하지만 그 과정은 매우 험난하고 잔인하다. 그만둘 법도 한데, 데이비드는 그만두지 않는다. 바닷속에서 무려 2천 년 동안 사람으로 만들어달라고 소원을 빈다. 데이비드의 사랑은 순수하다 못해 섬뜩하다. 물론 데이비드의 사랑은 인간의 욕망을 반영해 만들어진 존재다.

우리가 이상적으로 생각하는 사랑에는 '영원함'이 있다. 영원한 사랑. 우리는 그런 사랑을 원한다고 쉽게 말한다. 하지만 〈A.I.〉를 볼 때 우리는 데이비드의 사랑에 내내 감동하며 보기보다는 일순간 모니카와 비슷한 표정을 짓게 된다. 거기엔 데이비드가 아이 로봇이라는 데에서 오는 지나치게 순수한 면도 있겠지만 아득함이 느껴지는 영원함이 있기 때문이다. 그런 사랑은 우리를 작아지게 만든다.

엄마의 사랑이 그랬다. 엄마는 하루 종일 나만 보고, 나만 생각하고, 세상만사에 나를 대입해서 생각했다. 엄마의 행동은 분명 사랑이었다. 그 사랑이 너무 버거웠다. 그래서 집에 들어가기가 싫었다. 집에만 들어가면 죄책감이 들었다. 사랑하지 못한다는 죄책감. 죄책감은 이상했다. 기브앤테이크라는 룰이 있는 것도 아닌데 받았으니 줘야 할 것만 같았다. 난 주지 못했고, 심지어는 도망쳤다. 억지로 집을 나가 자취를 시작했다. 직장이 멀다는 게 이유였지만, 솔직한 이유는 엄마의 사랑을 책임지기가 버거웠다. 그래서- 난 모니카처럼 엄마를 숲속에 버렸다.

영화의 후반부에서 데이비드는 프로그래밍을 능가한다. 누군가의 명령 없이도 스스로의 감정에 의해 자발적으로 행동한다. 원하던 대로 진짜 사람이 되지는 못하지만 모니카와 마지막으로 단 하루 동안의 시간을 보내는 기회를 얻는다. 그러니까 모니카는 영원을, 데이비드는 하루를. 안타깝게도 둘은 각자가 가진 사랑의 크기에 반비례하는 시간을 제안받는 셈이다. 데이비드는 두려움 없이 그 하루를 선택한다. 모니카를 사랑하니까.

마지막 하루, 데이비드는 그토록 바라던 사랑을 받는다. 마틴도 없이, 충만한 사랑을. 데이비드는 평생 기다리던 영원히 기억할 순간을 스스로 이뤄낸다. 영원과 사랑. 이 단어들은 무해하고 아름다워 보이지만, 〈A.I.〉는 그 단어 안에서 우리가 불가피하게 겪어야만 하는 감정들을 보여준다. 아득함과 책임감 같은 것들. 그게 우리가 영원과 사랑이라는 단어에 마냥 버선발로 마중 나가지 못하는 이유다. 그 단어들은 우리를 자꾸만 망설이게 만든다.

엄마에게 다시 돌아갔다. 어느 날부터 약해지고 아픈 몸을 갖게 된 엄마를 돌보기 위함이 표면상의 이유였지만, 마음은 숲속에 버렸던 걸 다시 찾으러 가는 거였다. 엄마는 여전히 나를 기다리고 있었다. 아직도 그 사랑에 맞는 보답을 할 자신은 없지만 그래도 더는 도망치지 않고 마주하려 한다. 엄마에게 영원히 기억될 사랑을 만들기 위해서. 이건 아마 내가 한없이 책임질 게 많더라도 또 사랑을 시작하고, 영원을 약속하는 이유일 것이다. 단 하루의 사랑이라도 말이다.

#09

+

보편의 과정을 거치지 않는 사랑

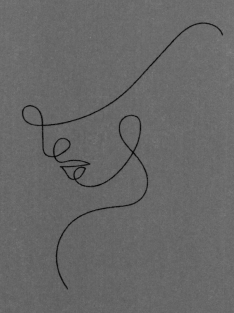

"

보편의 과정을 거치지 않은 관계라도

사랑이 있는 관계들이 보인다.

누아르지만 멜로처럼, 이야기를 끌고 나가는

'믿음'이라는 단어 또한 그저 껍데기일 뿐이다.

"

불한당. 나쁜 놈들의 세상. 제목과 포스터를 보고 생각했다. 안 봐도 되겠다, 라고. 뻔한 누아르도 싫고, '나쁜 놈'은 더 싫었다. 그런데 영화가 칸에도 가고, 영화를 본 사람들이 계속 이 영화는 다르다고 말했다. '사랑' 영화라고 했다. 저 영화가 사랑 영화라고? 반신반의하며 영화를 다 봤을 때, 나는 똑같은 말을 하고 있었다. 이건 사랑 영화다. 그래서 나도 똑같이 사람들에게 이거 누아르 아냐, 이거 사랑 영화야, 라고 말했다. 그러면 사람들도 나처럼 물었다. 이게 사랑 영화라고? 누구랑 누가? 설경구랑 임시완이. 그 둘이? 아… 그니까 이건 봐야 해. 봐야 알아. 이상했다. 사랑 영화라고는 분명히 말할 수 있는데, 왜 사랑 영화냐고 물으면 도통 설명할 수가 없었다. 그러게. 이게 왜 사랑 영화일까?

범죄자 한재호(설경구 분)는 누구도 믿지 못하고, 경찰 조현수(임시완 분)는 너무 믿는다. 현수는 임무를 통해 잡아야 하는 재호도 믿어서 본인이 언더커버라는 사실도 말한다. 본래 언더커버 장르의 영화는 언더커버임을 들킬까 봐 조마조마하면서 보기 마련인데, 이 둘은 서로의 관계를 다 까고 시작한다. 그때부터 그들의 믿음이 시작된다. 정확하게는, 재호의 의심이 무너진다.

그 후로 재호는 현수 앞에서 유아적인 모습을 드러낸다. 이소룡처럼 소리를 내며 재밌게 싸우기도 하고, 바닷가에서 불꽃놀이를 하며 아이처럼 즐거워한다. 불꽃놀이 장면은 아름다우면서도 슬픈데, 그때 재호와 현수가 나누는 대화가 분위기를 더한다. 현수는 재호에게 이렇게 사는 거 안 지겹냐고 묻고, 재호는 이렇게 살려고 사는 게 아니고, 살려고 이렇게 사는 거라고 말한다. 현수가 물어본 '이렇게 사는 거'의 뜻은 '조직 생활'을 의미했을 수도 있지만, 재호가 대답한 '이렇게 사는 거'의 뜻은 '의심하며 사는 것'에 가까웠다. 그러니까, 믿지 않는 건 재호에게 살기 위해 하는 행위, 그러니까 일종의 생존 방식이라는 뜻이다.

재호가 어쩌다 현수를 믿게 됐을까. 재호가 한 번쯤은 누군가를 진심으로 믿어보고 싶었을 것이라 생각했다. 왜냐면 재호의 세상은 늘 재호의 뒤통수를 치는 사람들뿐이었으니까. 재호는 현수를 믿고, 현수를 통해 평생에 처음, 누군가를 믿는 특별한 경험을 한다.

한재호 역을 맡은 설경구 배우도 이렇게 말한다. '남녀 간의 사랑만 사랑인가. 누군가에게 한 번도 느껴보지 못한 특별한 감정을 느꼈다면, 그것 또한 사랑일 수 있다'고. 그들의 관계 속에는 누구도 끼어들 수 없는 진한 애정의 감정이 있다고. 사랑을 떠올리면 대개 성별은 남녀를 떠올리고, 사랑한다는 말을 주고받고, 손을 잡거나 포옹을 하거나 입을 맞추는 관계를 떠올린다. 이 영화에는 모든 게 없다. 오로지 믿음으로만 이야기를 끌고 나간다. 그렇다면 믿음은 사랑이라는 걸 얘기하는 걸까? '믿음 없는 사랑, 사랑 없는 믿음은 없다'는 얘기를 하는 걸까? 그보다는 이런 사랑도 존재한다는 것을 알려주는 것 같다.

살면서 사회적으로 많이 얘기되는 연인, 가족을 제외하고서도 사랑을 느끼면서 산다. 예를 들면 거지 같은 회사에서 유일하게 마음 맞는 동료에게도 사랑을 느낄 수 있고, 아무 얘기나 다 해도 들어주는 친구에게도 사랑을 느낄 수 있으며, 존경해서 닮고 싶은 어떤 대상에게도 사랑을 느낄 수 있다. 그러나 그런 관계 속 사람들과 사랑의 상징처럼 여겨지는 사랑한다는 말, 스킨십이라는 과정을 거치지는 않는다. 그런데도 그들과 나누는 감정은 사랑이라는 단어 말고는 설명되기가 어렵다.

결국 재호는 현수에 의해 죽는다. 죽음은 업보처럼 느껴지기보단 재호가 겪을 수 있을 가장 좋은 죽음처럼 느껴진다. 뒤통수에서 오지 않고 정확하게 예상되는 죽음. 현수는 재호를 끝까지 배신하지 않는다. 재호는 죽음을 당하는 게 죽음을 받아들이는 것으로 보인다. 그들에게는 이 과정마저 그들만의 사랑 같았다.

영화를 다 보고 나면 나에게도 지나갔을 어떤 사랑이 있었을까 생각하게 되고, 보편의 과정을 거치지 않은 관계라도 사랑이 있는 관계들이 보인다. 누아르지만 멜로처럼, 이야기를 끌고 나가는 '믿음'이라는 단어 또한 그저 껍데기일 뿐이다. 명백한 이유가 없고 사랑을 표상하는 어떤 행동과 어떤 말을 하지는 않았어도 그들이 나눈 순간들과 감정의 총합은 결국 사랑을 가리킨다.

SCENE 02

**영화가 내게
말을 걸다**

#10

+

시간이 지나도 녹지 않는 사랑

"

삶의 대부분이 안 좋아도

분명한 사랑의 기억이 있다면

살아갈 수 있다는 사실도.

샤이론은 얼음물 속에서도 따뜻함을 느낀다.

"

　　대부분의 사람들이 어떻게 느끼는지 모르겠지만, 나에게 〈문라이트〉의 엔딩은 위로의 엔딩이 아니다. 그저 처연했다. 엔딩에서 샤이론은 두 번의 재회를 한다. 한 번은 엄마, 한 번은 케빈. 샤이론이 사랑했던 사람들.

　　엄마와의 재회. 재회는 샤이론의 자의가 아니다. 어떻게 한 번을 오지 않냐는 연락에 숙제하는 마음으로 간다. 방문자 배지를 달고서 엄마의 사과와 고백을 듣는다. 샤이론은 묵묵히 듣지만, 엄마가 충고를 하는 순간에는 참지 못한다. 엄마 말을 들어야 하냐며 화를 낸다. 그리고 '넌 엄마를 사랑하지 않지만 내가 사랑한다는 건 알아줬으면 좋겠다'는 엄마의 말도 부정하지 않는다. 조용히 눈물을 흘린다. 이후 엄마를 안아주는데 그건 사랑한다는 말의 화답은 아닌 것 같았다. 오히려 '넌 날 사랑하지 않는다'라는 말에 부정하지 못한 미안함을 담은 포옹으로 느껴졌다.

케빈과의 재회. 샤이론에게 유일무이한 사랑의 상대 케빈. 케빈은 10년 만에 연락한다. 그 이유는 식당에서 한 손님이 주크박스로 어떤 노래를 틀었는데 그 노래를 듣고 생각이 났다고 했다. 거기에 궁금증이 생긴다. 도대체 어떤 노래이기에 내 생각이 났을까. 샤이론은 애틀랜타에서 마이애미까지 그 노래를 들으러 간다.

10년 만에 본 케빈은 여성과 결혼해 아이도 있는 아버지가 되어 있었다. 혹시나 하는 마음에 아내와 사이가 괜찮냐 물은 샤이론의 질문에도 사이가 좋다고 말했다. 샤이론은 적잖이 실망한다. 궁금증은 더 커졌다. 10년 만에 연락한 진짜 이유가 뭐냐고 샤이론은 힘주어 묻는다. 이미 말했던 이유가 전부인데 '진짜' 이유를 말하라니. 당황한 케빈은 샤이론을 이해시켜주기 위해 노래를 튼다. 이때 흐르는 노래는 경쾌하고 가벼우며 가사 또한 단순하고 적당하다. 그러니 10년 내내 생각해왔으나 용기를 내 연락했다기보다 10년 내내 잊고 살다 불쑥 떠오른 옛 기억에 반갑게 연락한 것만 같았다.

케빈이 되려 샤이론에게 온 이유를 묻는다. 샤이론은 대답하지 않고 음악 볼륨을 높인다. 나는 그 이유를 알겠는데, 케빈은 아는지 모르는지. 결국 샤이론이 말한다. 날 만져준 사람은 너 하나뿐이야. 그때 케빈의 표정이 확 변한다. 마치 모래 속에 덮어두었던 기억을 끄집어 올려 실체를 확인한 듯이. 이윽고 케빈은 샤이론을 안아준다. 마치 샤이론이 엄마를 안아주듯, 사랑할 수 없는 미안함을 담아서.

샤이론에게는 두 번의 재회에 상대되는 세 번의 바다가 있다.

후안과의 바다. 영화에서 가장 인상적인 장면이었다. 후안의 손에 의지하며 바다를 느끼는 장면. '내 손에 기대. 내가 잡아줄게. 절대 안 놔'라는 후안의 말은 단순히 바닷물에 빠지지 않게 잡아준다는 말이 아니다. 그 말은 바다 밖에서도 유효한 말이다. 샤이론은 후안에게 어렴풋이 수영하는 법을 배우고, 남들이 부르는 이름으로 사는 게 아니라 내가 누구일지는 내가 정하면서 살아야 한다는, 깊고도 정확한 사실을 배운다.

케빈과의 바다. 외로운 날 갈 곳 없이 떠돌던 샤이론은 바다로 향하고, 거기서 우연히 케빈을 만난다. 둘은 같이 마리화나를 피우며 약간은 간지러운 대화를 나눈다. 바람이 스칠 때의 기분, 눈물을 흘리는 얘기 같은 것들. 그러다 둘은 묘한 기류를 느끼고, 케빈이 샤이론을 만지며 유사 성교를 한다. 케빈은 샤이론을 집에까지 태워주고, 샤이론은 태워줘서 고맙다고 말한다. 케빈은 별거 아니라고 한다. 그 말은 바다에서의 일이 가진 의미를 은근하게 내포하는 것 같지만 어쨌든, 샤이론에겐 절대 잊지 못할 사랑의 세계가 열린다.

세 번째 바다는 아무도 없었다. 케빈의 집에 들어가기 전 샤이론은 파도 소리가 들리는 쪽으로 고개를 돌린다. 투명하면서도 짙은 눈빛으로 바다를 조금 오래 바라본다. 늘 사랑의 기억이 있던 그곳에는 아무도 없다. 샤이론은 바다를 쳐다보다 지나간다.

두 번의 재회와 세 번의 바다처럼 샤이론에게는 좋은 일과 나쁜 일이 번갈아 일어난다. 괴로움 뒤 안정감, 사랑 후의 외로움, 외로움 뒤의 위로, 위로 후의 고독. 아마 샤이론에게는 또 서슬 퍼런 슬픔과 고통이 찾아올 수도 있다. 하지만 샤이론이 걱정되지는 않는다. 왜냐면, 샤이론은 기억하기 때문이다. 샤이론은 자기만의 바다를 만든다. 욕조에 물을 틀고 거품을 내고, 세면대에 물과 얼음을 가득 담아 그 속에 얼굴을 담그며, 냉동실 문을 열어 찬 바람을 느끼면서. 그것들은 바다를 표상하며, 그 행위의 의미는 기억이다.

영화는 인종, 소수자, 계층이라는 요소가 짙게 배어있어 공감이나 이해에 한계가 있어 보이지만 기억과 사랑과 바다는 만국 공통이지 않나. 내 기억만 해도 바다를 떠올리면 늘 사랑하는 사람 혹은 사랑했던 사람이 있다. 여느 곳에서는 하지 못할 조금은 간질거리는 대화를 하기도 하고, 마음이 풍선처럼 커져 옆에 누군가가 있어도 자연스럽게 눈물도 흘리고, 바닷바람에 왠지 모를 위안을 받으며 마음이 깨끗해지는 신비한 경험을 겪기도 했다. 그리고 일상으로 돌아오면, 하나의 마음을 털어내거나 얻어낸 기분이 든다. 그리고 왠지 바다에 가기 전의 나와는 조금 달라진 듯한 느낌도. 그리고 그 기억으로 삶을 살아간다.

〈문라이트〉는 기억하는 법을 알려준다. 삶의 대부분이 안 좋아도 분명한 사랑의 기억이 있다면 살아갈 수 있다는 사실도. 샤이론은 얼음물 속에서도 따뜻함을 느낀다. 거기엔 시간이 지나도 녹지 않는 사랑이 있다.

#11

+

사랑! 해보셨나요?

누군가의 사랑을

그들이 가진 외부적 조건으로 판단하여

어떤 사랑은 멸시하고,

어떤 사랑은 우습게 바라보는 걸

삶에서 쉽게 경험한다.

중학생 때 같은 반에 있던 장애인 친구가 큰 목소리로 '남자 집에 가고 싶어!'라고 외친 적이 있다. 몇몇은 나처럼 놀라고, 몇몇은 흥미로운 듯 웃으며 더 캐물었다. '남자 집에 가서 뭐 하게?' 그 친구가 발랄하게 말했다. '밥도 먹고, 장난도 치고, 같이 자고 싶어!' 몇몇은 웃었고 몇몇은 황당한 표정이었다. 황당함의 뜻은 그 친구에게도 성애적 욕구가 있을 거라고 생각하지 못했기 때문이었다.

대부분의 영화나 드라마에선 예쁘고 잘생긴 주인공들이 사랑을 한다. 로맨틱하고 사랑스러운 대화로 사랑을 말한다. 〈오아시스〉는 그렇지 않은 영화다. 누가 봐도 형편없는 남자 종두(설경구 분)와 제몸 하나 가누지 못하는 중증 뇌성마비 장애인 공주(문소리 분)가 사랑한다. 주변 사람들은 그들의 사랑을 멸시한다. 종두와 공주의 사랑이 아슬아슬하긴 하지만 보편의 경로를 밟는데도. 그들의 섹스는 강간으로 치환된다. 종두는 덜떨어진 인간이라 장애인을 좋아하고 장애인에게 발기하며, 공주는 누구에게도 성욕을 자극할 수 없는 여성이므로 공주에게도 성욕이 없을 거라는 판단으로. 그렇지만 이것은 영화적 과장이 아니다. 누군가의 사랑을 그들이 가진 외부적 조건으로 판단하여 어떤 사랑은 멸시하고, 어떤 사랑은 어울리지 않는다고 말하며, 어떤 사랑은 우습게 바라보는 걸 삶에서 쉽게 경험한다.

영화에서는 몇 차례 공주가 자신에게 만약 장애가 없었다면 지금 어떤 순간일 수 있을지를 상상하는 장면이 나온다. 이 장면은 이질적으로 다가온다. 그동안 관람해온 여느 사랑 장면과 표면적으로 유사함에도 불구하고. 여느 사랑 영화를 볼 때처럼 주인공들의 감정에 이입하고, 주인공들이 이어지길 바라면서 보기가 어려웠다. 걱정되고, 의심되고, 눈살이 찌푸려졌다. 아름다운 사랑 영화가 널렸는데, 나는 왜 이런 불편한 영화에 열광했을까.

이창동 감독은 〈오아시스〉를 통해 가장 본질에 가까운 사랑을 말하고 싶었다고 한다. 또한 사랑의 판타지를 결혼, 내 집 마련, 육아, 태교 등등 제도와 문명이 마련해 놓은 방법을 통해 실현할 수도 있겠지만, 과연 그게 사랑의 실현일까. 정말 사랑을 실현하는 건 뭐지. 그건 종두처럼 나무를 자르는 것이 아닐까, 라고. 감독은 처절함 속에서도 사랑할 수 있다는 것을 보여주고 싶었다고 했다. 그리고 〈오아시스〉를 '그냥 사랑 이야기'라고 말했다.

〈오아시스〉는 여태껏 사랑을 예쁘고 잘생긴 배우들의 얼굴과 아름다운 풍경, 어울리는 노래가 겹겹이 쌓인 장면만을 통해 봤음을 말해주었다. 그리고 사랑이 있어야 할 곳 또한 안락하고, 포근한 곳이라고 생각하는 나의 무의식을. 〈오아시스〉는 질문한다. 사랑은 아름다운 사람들의 것인가? 어떤 사랑이 당연하고, 어떤 사랑이 당연하지 않을까?

그런 질문들은 나에게 의미 있게 다가왔지만, 실제로 입에 올렸을 때 여전히 혀끝에 씁쓸함이 느껴지는 건, 이 또한 영화라는 생각을 떨치기가 어렵기 때문이다. 공주와 종두에겐 서로가 있지만 그때 그 장애인 친구 옆엔 누가 있을까. 만약 그 친구가 사랑을 하고 있다면 과연 응원받을 수 있을까.

영화 포스터에는 이런 카피가 있다. '사랑! 해보셨습니까?' 나는 아직도 그 문장에 오랫동안 멈춰있다. 누가 이 질문에 멈추지 않을 수 있을까. 영화 속 종두와 공주만큼은 이 문장에 명쾌하게 대답할 수 있지 않을까. 종두와 공주. 20년이 지나도 이들의 이름을 들으면 여전히 가슴이 저릿하다. 나는 이 영화를 끊임없이 다시 본다. 그렇게 봤어도 볼 때마다 눈물이 난다. 다 보고 나면 발가벗겨진 기분이 드는데도 본다. 영화를 볼 때마다 사랑을 배운다. 모두가 싫어하고, 세상에서 소외당한 종두와 공주로부터.

#12

+

멀어 보이지만 그렇지 않은 곳

"

이유가 분명한 사랑이란

왠지 로맨틱하지 않다.

이해와 사랑은 오히려 공존하지 않을 때

더 자연스러운 게 아닐까.

"

'난 널 이해 못 해'

누가 이렇게 말한다면 어떨 거 같아? 라고 친구들에게 물었다. '슬플 거 같아.' '아무렇지 않을 거 같아.' '이제는 만나지 말자는 것 같아.' '누가 이해해 달랬나. 어쩌라는 거야'까지. 나 또한 누군가가 나에게 저 말을 한다면 아마 '우리 서로 그만 노력하자'라는 의미로 받아들였을 것 같았다. 〈단지 세상의 끝〉을 보기 전까지는.

영화 〈단지 세상의 끝〉에서 12년 만에 집에 온 루이(가스파르 울리엘 분)에게 앙투안(뱅상 카셀 분)은 시종일관 빈정대고, 쉬잔(레아 세이두 분)은 동경과 설렘을 느끼며, 엄마(나탈리 베이 분)는 잘 보이려 막 바른 매니큐어를 분주하게 드라이기로 말린다. 가족들은 각자의 태도, 각자의 취향, 각자의 행동을 한다. 시종일관 불협화음을 내는 가족들은 각자의 방식으로 루이를 환영하고, 원망한다.

한 식탁에서 밥을 먹을 때도 그들은 '저 하고 싶은 말'만 한다. 우리네 명절날 일어나는 일이 저 멀리 프랑스에서도 일어나는 일이었다. 모두가 얘기하고 모두가 듣지 않는다. 말하는 가족들을 어색하게 쳐다만 보는 루이조차도 사실상 듣는 게 아니다. 자신이 준비한 말을 할 타이밍을 살피는 중이다. 이때 엄마가 루이와 부엌에 단둘이 있을 때 마주 보고 선언한다. 널 이해 못 해. 하지만 사랑해.

환영하고 원망하며, 이해하지 못하지만 사랑한다. 이런 앞뒤 안 맞는 문장이 영화의 전체를 이룬다. 루이도 마찬가지다. 루이가 집을 떠난 이유를 영화에서 직접적으로 설명해 주지는 않지만, 가족과 루이 사이에 좁혀지지 않는 거리감에서 짐작할 수 있다. 루이가 이해받지 못했음을. 또한 루이가 12년 만에 집에 온 이유를 눈치챈 건 유일하게 가족이 아닌 카트린(마리옹 꼬따아르 분)이니, 가족들이 루이를 가까이에 두고도 얼마나 모르고 살았을지도 짐작된다. 그렇지만 루이는 결국 가족에게 돌아갔다. 이 또한 저런 앞뒤 안 맞는 문장 같은 상황 아닌가.

　나와 엄마만 해도 그렇다. 엄마는 내가 왜 해산물을 먹지 못하는지, 왜 하루에 머리를 두 번 감는지, 왜 영화를 혼자라도 보러 가는지, 밥값에 버금가는 커피는 왜 사 마시는지, 카페에 가서는 뭘 하기에 한 시간씩 앉아있는지, 사람 많은 주말에 왜 나가서 노는지, 왜 택시를 타는지 이해하지 못한다. 나 또한 엄마를 이해하지 못한다. 마트나 가게에 가면 왜 투덜대면서 깎아 달라고 하는지, 핸드크림은 사달라고 해놓고 왜 바르지 않는지, 김장은 매번 다음 해엔 안 하겠다면서 왜 또 하는지. 정말이지 우리는 서로를 이해할 수 없다. 하지만 우리는 서로를 사랑한다.

　만약 '이해할 수 없지만 사랑한다'는 게 이질적으로 다가온다면 반대의 경우를 생각해 보자. 아마 그 반대의 문장은 '널 다 이해해. 그래서 사랑해' 정도가 될 텐데, 이 문장은 말은 되지만 사랑이 느껴지지 않는다. '같기 때문에' 사랑하거나 우리의 '같음'을 사랑한다는 것인데, 애초에 우리는 모두 다른 사람이며, 이유가 분명한 사랑이란 왠지 로맨틱하지 않다. 이해와 사랑은 오히려 공존하지 않을 때 더 자연스러운 게 아닐까.

결국 루이는 준비한 말을 하지 않고 떠나기로 한다. 12년 만에 온 이유도 말해주지 않고, 잘 있다가 갑자기 가족들 듣기 좋은 말을 내뱉더니 '인제 그만 가봐야 한다'고 한다. 가족들은 저마다의 방식으로 아쉬움을 표한다. 앙투안은 여전히 화내고, 쉬잔은 울며, 엄마는 지긋이 머리를 맞대고 깊게 쳐다본다. 루이를 이해할 수 없지만 떠나는 루이를 가족들은 어쨌든 받아들인다.

〈단지 세상의 끝〉은 자비에 돌란 감독이 자주 다루는 주제인 '가족'을 다룬 영화 중 하나이고, 그의 다른 영화보다 세간의 평이 좋지는 않은 영화다. 단조로운데 답답하면서 짜증을 불러일으킨다. 가족, 가족이 딱 그렇지 않나.

영화의 제목에 관해서도 얘기하고 싶다. 단지 세상의 끝. '세상의 끝'이라는 단어는 아득한 거리감을 연상시키며, 막바지, 막다른 길처럼 느껴진다. 하지만 그 앞에 붙은 '단지'라는 단어는 뒤의 단어가 가진 무게를 가볍게 만들어준다. 왠지 거리가 멀 뿐이지 언제든 가도 될 것처럼 말이다. 결국 그 문장은 '멀어 보이지만 그렇지 않은 곳'이라는 뜻처럼 다가온다. 멀어 보이지만 그렇지 않은 곳. 그곳은 집이다. 루이는 그곳에 언제든지 돌아가도 된다. 그곳에 가면, 가족이 있다.

#13

+

나라는 사람을 사랑해주는 사람

다른 누군가가 되어서

사랑받기보다

있는 그대로의 나로서

미움받는 것이 낫다.

"I'd rather be hated for who I am than be
loved for who I'm not"
다른 누군가가 되어서 사랑받기보다 있는 그대
로의 나로서 미움받는 것이 낫다.

커트 코베인이 말했다. 당연한 말 같지만 사랑받
기 위해 다른 사람이 되려는 사람들이 존재함을 의
미한다. 바로 영화 〈존 말코비치 되기〉에서 크레이그
(존 쿠삭 분)와 라티(카메론 디아즈 분)가 그렇다.

래스터 기업의 7과 1/2층에는 작은 문이 하나 있
다. 그 문은 배우 존 말코비치의 뇌 속으로 가는 통
로다. 그 통로를 통과하면 15분 동안 존 말코비치가
될 수 있다. 크레이그와 라티는 그 경험에 푹 빠진다.
그들은 강렬하게 존 말코비치가 되고 싶어 한다. 거
기에는 여러 이유가 있지만 가장 큰 이유는, 바로 맥
신(캐서린 키너 분)이다. 둘은 맥신에게 사랑받고 싶
어 한다. 하지만 맥신은 그 둘을 좋아하지 않는다. 정
확히 말하면 때때로 좋아한다. 그 둘 자체로는 말고,

그 둘이 존 말코비치의 몸 안에 있을 때만. 따라서 크레이그와 라티는 존 말코비치가 되려고 애쓴다. 사랑받기 위해서.

이해할 수 없는 것은 아니다. 삶에서도 크레이그와 라티를 충분히 봐왔으니까. 그들이 누군가의 몸에 들어가는 영화적 설정은 불가능했지만, 맥신이 어떤 사람이라도 본인을 맞추며 사랑했다. 그건 자아의 유연을 뜻하기보다는 비어있음에 가까웠다.

영화에서 크레이그와 라티에게는 맥신이 유일무이한 상대였지만, 실제에선 맥신이 계속 업데이트됐다. 이전 맥신과 헤어질 즘이 되면 새로운 맥신이 생겼다. 좋은 감정인 줄만 알았는데, 사랑을 정작 겪고 있는 이들의 얼굴은 괴로워 보였다. 그럼에도 그들은 사랑을 놓지 못했다. 구겨지고 상처받아도 헤어지는 법을 몰랐다. 맥신에게 모욕적인 말을 들어도 끊임없이 통로로 달려가고, 심지어는 존 말코비치의 육체 속에 살기로 작정한 크레이그와 라티처럼.

반대로 존 말코비치의 의식 속으로 단 한 번도 들어가지 않은 맥신은 자아가 뚜렷해 보인다. 그렇지만 맥신에 대해서 불분명한 부분이 있다. 맥신이 사랑한 건 누굴까.

맥신은 말코비치, 라티, 크레이그 모두가 각자의 모습일 때는 사랑에 빠지지 않지만 말코비치의 몸에 라티나 크레이그가 들어가면 사랑에 빠진다. 처음엔 말코비치에게 라티의 눈빛을 느꼈다며 라티에게 사랑에 빠졌다고 말하지만, 중간에 라티 말고 크레이그였을 때도 맥신은 눈치채지 못한다. 그러니까 크레이그와 라티는 사랑해 주는 사람이 맥신이면 됐던 것처럼, 맥신은 사랑해 주는 사람이 두 명이면 됐던 것이다(그녀는 스치듯 두 사람 몫의 욕정과 열정을 느끼는 경험이 끝내준다고 말한다). 욕심이 많은 맥신은 결국 크레이그가 들어가 있는 말코비치의 육체와 결혼한다. 그러나 으리으리한 집에서 맥신의 표정이 어두워지고 불안해진다. 여전히 두 사람이 맥신을 바라보고 있을 텐데 말이다.

그 표정은 영화에서 처음 나오는 것이 아니다. 바로 맥신의 사랑을 받지 못한 크레이그의 표정이 그랬다. 표정을 똑같이 짓게 된 맥신은 자아가 뚜렷하다기보단 사랑을, 욕망을, 실현하기 위한 수단으로만 여겨 목표만을 이뤄내고, 사랑에는 도달하지 못했기 때문이다. 결국엔 맥신도 무언갈 그리워한다.

영화를 본 후에 진해지는 단어는 '자아'다. 그들에게 자아가 있었다면 이런 일이 있었을까? 물론 그 말도 부정할 순 없지만 나는 그들에게 정확한 사랑의 경험이 단 한 번만이라도 있다면 그들의 삶이 안온해질 거라고 생각했다. 영화가 크레이그와 라티를 불안한 사랑을 가진 관계라는 걸 전제로 시작하는 걸 생각해보면 더더욱 그렇다. 만약 그들이 진실한 사랑을 나누는 관계였다면 어땠을까. 그들은 다른 사람이 되고 싶었을까? 아마 기필코 다른 사람이 되고 싶지 않았을 거다. 나라는 사람을 사랑해주는 사람이 이미 존재하니까.

#14

+

생각만 하는 사랑은 없다

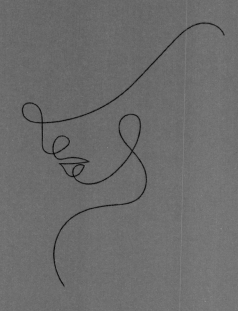

음악을 잘 모르던 코너가 음악을 하게 된 건

라퍼나를 사랑하기 때문이다.

가만히 앉아서 생각만 하는 사랑은 없다.

'인간은 행동으로 규정된다'는 말을 좋아한다. 좋아하는 걸 넘어 신념처럼 여기는 말인데, 계기는 헤어진 애인들 덕분이다. 그들은 늘 말했다. 날 좋아지면 한강 가자. 돈 모아서 여행 가자. 끝내주는 맛집 있어 데리고 갈게. 영화 개봉하면 보러 가자. 앞으로는 안 그럴게. 내가 앞으로 잘할게. 옛 애인들이 했던 말이자 지키지 않은 말이기도 했다.

〈싱 스트리트〉의 코너(퍼디아 월시 필로 분)는 라피나(루시 보인턴 분)를 얻기 위해 밴드를 한다고 먼저 말을 뱉고는 밴드를 결성한다. 라피나를 뮤직비디오에 출연시키기 위해 다급히 음악을 만든다. 급조한 음악이 수준이 좋을 리 없다. 코너의 형 브렌든(잭 레이너 분)은 노래를 듣자마자 별로라고 한다. 그리고 바로 알아챘다. 여자를 얻기 위해 만들었다는 것을. 코너는 겨우겨우 형과 친구들의 도움으로 나쁘진 않은 음악을 만들어 라피나에게 전해준다. 바빠서 오지 못할 수도 있다던 라피나는 뮤직비디오 촬영장에 나타난다. 노래가 좋아서 왔다고 했다.

코너는 계속해서 라피나를 통해 알게 되는 감정들을 노래로 만들며 라피나와 다음 약속, 또 다음 약속을 잡는다. 어딘가 불안한 구석이 느껴지는 라피나에게 그런 코너의 행동은 안정감을 준다.

코너의 음악은 계속된다. 폭력적으로 구는 백스터 선생에게 한 방 먹이는 도구로도 쓰이고, 자신을 괴롭히는 배리에게도 당당히 맞서며 남들의 시선에 굴하지 않는 본인만의 스타일을 찾는다. 무엇보다 형을 이해할 수 있게 된다. 그의 형인 브렌든은 음악에 대한 조예가 깊다. 그러나 음악을 만들지도 않고, 밖에 나가지도 않고 오로지 집에서 담배를 피우며 음악을 듣고 평가하기만 한다. 코너는 음악을 만들기 전까지는 그런 형의 말을 잘 듣지만, 음악을 만들고 나선 그런 형의 삶을 쉽게 낮춰본다. 그러나 형도 한때는 삶에 열정이 있었으며, 그걸 잃고 매일매일 버티며 살고 있다는 것을 알게 된다. 거짓으로 시작한 코너의 음악은 점점 삶에 중요한 축이 된다.

〈싱 스트리트〉는 여느 영화들처럼 주인공이 극단의 상황에서 어떤 선택을 해야 하는 시험적인 설정이나 따를 수밖에 없는 운명에 순응하거나 거스르는 식으로 진행되지 않는다. 그저 사랑으로 시작한 행동이 자아와 삶의 형태를 분명하게 이뤄나가는 과정을 보여준다. 어떤 장면은 너무 영화적이어서 말이 안 되는 것 같아도 짐짓 모른 체 하게 된다. 그저 응원하게 된다.

행동하는 건 어렵다. 새해 다짐만 생각해도 그렇다. 책을 읽겠다는 다짐도 그렇고, 운동을 꾸준히 하겠다는 포부도 그렇고, 일기를 쓰겠다는 것도 그렇다. 이건 우리가 성실하지 못해서, 또는 유혹에 약해서, 습관이 들지 않아서 그렇다고 생각할 수 있다. 그렇지만, 무엇보다 가장 본질적인 이유는 그것들을 사랑하지 않기 때문이다. 음악을 잘 모르던 코너가 음악을 하게 된 건 라피나를 사랑하기 때문이다. 사랑에는 행동이 수반된다. 누군가를 사랑하는데 가만히 앉아서 생각만 하는 사랑은 없다.

#15

+

하지만 영화는 끝나지 않았다

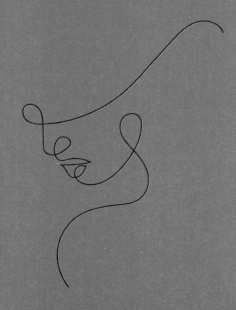

"

배경으로는, 그들의

아름다운 순간이

빛바랜 필름 색으로 펼쳐진다.

"

〈결혼 이야기〉. 대부분 제목과 포스터를 보고 로맨틱하고 달콤한 사랑 이야기를 떠올렸을 것이다. 영화의 시작은 찰리(아담 드라이버 분)가 아내 니콜(스칼렛 요한슨 분)의 장점을 읊고, 니콜이 찰리의 장점을 읊는다. 배경으로는 그들의 아름다운 순간이 빛바랜 필름 색으로 펼쳐진다. 우리의 마음은 한껏 로맨틱해진다. 바로 그다음 장면에서 영화는 우리의 마음을 꺾어버린다. 니콜과 찰리는 서로의 장점을 자의로 적은 것이 아니다. 그건 그들의 관계 개선을 도와줄 상담사가 그들에게 낸 숙제였다. 비록 실패했지만.

관계 개선에 실패한 그들은 헤어질 거라고 생각은 하지만, 정말 헤어지는 건지, 헤어지는 건 어떤 식으로 하는 건지 알지 못한다. 그때, 니콜과 같이 일하는 스태프가 니콜의 얘기를 듣고 연락처를 하나 주겠다고 한다. 상담사라면 아는 사람이 있다며 시니컬하게 말한다. 그러나 스태프가 주는 번호는 상담사가 아니라 이혼 전문 변호사인 노라(로라 던 분)

의 번호였다. 노라는 니콜이 왜 찰리와 헤어지고 싶어 하는 지, 그간 어떤 서운함이 쌓였는지, 이제는 어떤 삶을 원하는지 니콜의 마음을 끌어낸다. 희생하며 살아온 니콜에게 이혼은 이기적인 행동이 아니라 희망찬 행동이라고 복돋아 주면서. 원래 변호사 없이 이혼하기로 했던 게 거슬려 말하니, 노라는 그마저도 부드러운 미소로 대답한다. 최대한 원만하게 처리할 거예요.

니콜은 언니에게 이혼 소송 서류를 찰리에게 전해달라고 한다. 법적으로 본인이 주면 안 되기 때문이기도 하지만, 어쨌든 니콜이 직접 주지 않는다. 니콜의 언니가 찰리에게 둘의 이혼을, 찰리가 소송당했음을 알려준다. 찰리도 변호사를 구한다. 처음에는 공격적인 변호사, 제이(레이 리오타 분)를 만났지만 거부감을 느껴 인간적인 버트(앨런 알다 분)로 정한다. 허나 점점 소송에서 질 예감이 든 찰리는 다시 제이를 찾는다. 이로써 그들의 헤어짐은 절대 원만하지 않고 시끄러워진다.

법원은 그들에게 아동 문제에 정통한 전문 감정인을 임명해줬다. 감정인은 그들 각각의 집에 찾아가 그들이 어떻게 부모 역할을 하는지 지켜보는 일을 한다. 그 일의 목적은, 양육권이다. 애석하게도 찰리는 다른 때보다 더 어설픈 모습을 보이고, 설상가상으로 운도 따라주지 않아 양육권을 가지면 안 될 인상을 준다. 결국 니콜이 승소하며, 양육 시간의 비율은 니콜이 55, 찰리가 45로 결정된다. 니콜은 찰리와 똑같이 50을 나누지 못한 것을 불편해한다. 그런 니콜에게 노라는 말한다. 그냥 받아들여요. 당신이 이겼다고요. 니콜은 미적지근한 반응을 띤다. 그들의 길고 긴 헤어짐도 이렇게 끝이 났다.

하지만, 영화는 끝나지 않았다. 15분가량이 남았다. 15분은 헤어진 이후 그들의 모습이다. 찰리는 헨리와 할로윈을 같이 보내러 니콜의 집으로 온다. 니콜은 배우가 아니라 그토록 원하던 감독이 되어있었다. 니콜은 찰리에게 이제야 당신이 이해된다는 표현을 한다. 찰리도 니콜에게 멋쩍게 소식을 전한다.

LA에서 전임직을 맡기로 해서 당분간 LA에서 지내게 됐다고. 니콜은 약간은 벅찬 표정으로 좋다고 말한다. 이어서 영화는 많은 사람들 머릿속에 고요하지만 깊은 인상을 주는 두 가지 장면을 선사한다. 하나는 영화의 맨 처음, 상담사가 시켰던 상대방의 장점 적기에서 니콜이 적었던 찰리의 장점을 찰리가 읽게 되는 것. 또 하나는 니콜이 헨리를 안고 걸어가는 찰리에게 달려가 풀린 신발 끈을 묶어주는 것. 그 장면들은 그들이 헤어진 사이가 아니라 되려 여전히 사랑하는 사이처럼 보인다. 지지고 볶고 피터져라 소리도 질러가면서 헤어졌는데 어떻게 그럴 수 있을까.

그들의 관계에는 내내 사공이 많다. 정확하게 말을 하진 않았지만, 맨 처음 관계 개선을 위해 상담사를 만난 것도 분명 니콜 엄마의 권유였을 가능성이 높다. 스태프가 노라의 번호를 알려주기 전, 상담사라면 이미 아는 상담사가 있고, 엄마와 같은 상담사라고 말한 데서 짐작할 수 있다. 헤어질 결심을 최초로 전달하는 것도 니콜이 아니라 니콜의 언니다. 또한 헤어지는 과정을 추상적으로 생각하던 니콜에게 이혼 전문 변호사를 알려주는 건 같이 일하는 스태프, 정확하게 헤어지는 과정을 밟게 돕는 건 승부욕이 강한 변호사들, 그 헤어짐에 결론을 내려주는 판사, 양육권을 결정해주는 전문 감정인까지. 그들의 헤어짐엔 자발적이지 않은 것들 투성이다.

나는 마지막 15분에야 이르러서 아무도 개입되지 않은 그들을 보았다. 자연스럽게 노력하고, 이해하고 양보하는 그들의 마음이야말로 그들의 진짜 마음 같다. 그러니 영화 내내 이혼의 수순을 밟았지만 이 영화의 제목이 '이혼 이야기'가 아니라 '결혼 이야기'인 것엔 토를 달기 어렵다. 시간이 지나 잊었겠지만 한때 그들은 사랑했다. 평생을 사랑할 거라는 다짐도 했다. 아무도 시키지 않았는데도 말이다.

#16

+

연결을 상징하는 단어

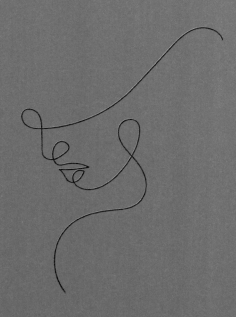

"

대화와 섹스에는

공통점이 있다.

그 둘은 연결을 상징한다.

"

'그대 품에 안겨 당신이 내게 키스를 할 때도 어
딘가 모르게 난 외로움이 느껴져요'

영화 〈사랑도 통역이 되나요?〉에서 처음으로 흐
르는 노래의 가사다. 이 가사는 주인공들에 대한 작
은 암시를 준다. 영화의 주인공들은 외로움을 느낀
다. 외로움의 원인은, 의사소통이다.

우선 물리적인 상황으로 일본에 머무르게 된 샬
롯(스칼렛 요한슨 분)과 밥(빌 머레이 분)은 언어가
통하지 않는다. 통역을 해주는 사람들이 있긴 하지
만, 그 통역은 어딘가 문제가 있었다. 저쪽에서 하는
말이 그 뜻이 아닌 것 같은데, 통역을 해주는 사람은
그 뜻이라고 한다. 어물쩍 상황을 넘기지만, 그들은
이방인으로서의 외로움을 느낀다.

동시에 같은 언어를 쓰면서도 말이 통하지 않는
경험도 겪게 되는데, 그 경험을 주는 건 바로 사랑하
는 사람이다. 그들의 상대방들은 대화를 할 때마다

핀트가 전혀 다른 이야기를 하거나, 얘기를 시답잖게 여기거나, 그들이 말해도 듣지 않고서 말한다. 사랑하는 사람과의 관계 속에서도 자신의 자리가 없는 듯한 그들은 공허함을 느낀다. 그들은 잠을 이루지 못하고, 적적한 마음에 호텔 라운지 바로 향한다. 우연히 만난 그들은 이런저런 얘기를 하다 잠이 오지 않는다는 이야기를 한다. 어쩐지 서로가 비슷한 사람인 것 같다는 느낌을 받은 그들은 일본에 있는 동안 함께 시간을 보낸다.

이들이 점차 애인 관계로 발전되는 걸까 싶은 의문이 드는데, 그러기엔 애매한 부분이 있다. 이들은 섹스를 하지 않는다. 오히려 밥이 자는 상대는 라운지에서 노래를 부르는 중년 여성이다. 그 사실을 우연히 알게 된 샬롯은 밥에게 약간은 토라진 말투로 말한다. 그분이랑은 연배가 비슷하니 대화가 잘 통하겠다고. 밥은 그에 대한 대답을 딱히 하지 않는다. 대화는커녕 섹스조차도 기억이 나지 않을 만큼 취한 밤이었으니까.

이때 샬롯의 말은 자연스럽지만, 특이한 지점이 있다. 밥이 중년 여성과 한 건 '섹스'인데, '대화'와 연결 짓는 것이다. 샬롯이 대화의 첫머리에 나이를 이야기하기 때문에, 나이와 대화의 상관관계를 이야기하는 것처럼 느껴지지만, 그 안엔 대화와 섹스의 상관관계가 담겨있다. 대화와 섹스에는 공통점이 있다. 그 둘은 연결을 상징한다.

보편적인 예시로 이상형에 대한 얘기를 말할 수 있을 것 같다. 사람들과 이상형에 대해 이야기를 하다 보면 늘 '결국엔 말이 통해야 된다'는 결론에 이르게 된다. 이 말은 외면이 아니라 내면이 중요하다는 말이기도 하지만, 사랑에는 대화라는 행위가 아주 중요하다는 말이기도 하다. 하루 종일 있었던 사소한 일상부터 마음속에 있는 솔직한 생각과 고민까지. 같이 밥을 먹고, 커피를 마시고, 스킨십을 하는 모든 행위 이전에 대화가 있다. 사랑하는 사람들은 대화한다.

낯선 곳을 얼른 떠나고 싶어 했던 밥은 원래는 하고 싶지 않았던 방송 촬영까지 하며 일본에 머무르는 시간을 연장하지만, 아쉽게도 떠나야 하는 시간이 온다. 서로의 공허함을 채워주고 외로움을 달래줬던 샬롯과 밥은 아무래도 애틋한 마음을 대놓고 드러내기에는 짧은 시간이었기에, 어설픈 작별 인사를 한다. 헛헛한 마음을 가지고 다시 첫날의 외로움 가득한 얼굴로 공항에 가던 중, 밥은 거리를 걷고 있는 샬롯을 발견한다. 밥은 황급히 차에서 내려 샬롯에게 향한다. 그리고 샬롯에게 귓속말로 어떤 말을 한다. 그 말은 우리에게 들리지 않는다. 다만, 밥이 샬롯에게 어떤 말을 하고, 샬롯은 눈물 어린 눈빛으로 알았다고만 한다. 그리고 어떤 감정이 해소가 됐는지, 서로를 보고 아쉬움 없이 웃는다.

아무래도 영화를 보고 나면 그들이 주고받은 말이 어떤 말일지에 대해 추측해 보게 된다. 다시 만나자는 말일지, 연락하라는 말일지, 너라는 존재에 대한 응원 같은 것일지 추측해 보지만, 분명한 건 우리는 그들이 무슨 말을 했는지 알 수 없다는 사실이다. 마치 그들 주위를 둘러싼 군중들처럼. 그건 우리에게 하는 말이 아니라 그들끼리 그들의 세계 안에서 나눈 말이기 때문이다.

영화의 원제는 'Lost In Translation'이다. 직역하자면 '통역 속에서 길을 잃다'라는 알 수 없는 의미인데, 이 말의 뜻은 이렇다. 예를 들어 어떤 말을 한국어로 말한다. 그리고 그 말을 영어로 바꿔 말한다. 그리고 그걸 다시 한국어로 풀어보면, 결국 두 언어 사이의 미묘한 차이 때문에 처음의 의미와는 다른 의미가 되어있는, 전달의 실패를 뜻한다. 이 말은 타국의 언어를 배경으로 탄생한 말이겠지만, 같은 언어를 쓰는 대화에서도 빈번히 일어난다. 수많은 대화 속에서 '내 말의 뜻은 그게 아니라 이런 뜻이었다'는 부가적인 통역 없이 온전히 이해받는 일은 가능한 걸까.

밥과 샬롯이 서로를 알아보는 순간은 많은 사람들 속이다. 그건 꽤 로맨틱하게 느껴지지만 뒤집어 얘기해 보면 대다수의 사람과의 교류가 어렵다는 것을 의미한다. 또한 그들이 함께한 시간이 일주일 정도의 짧은 시간인 것도 마냥 영화 같은 일주일이라기보단 우리가 외로움이나 공허함을 느끼지 못하는 날보다 느끼는 날이 인생의 전반을 이룬다는 것을 의미한다. 영화는 그런 서늘한 사실을 알려준다. 그렇지만 동시에 이렇게 말하기도 한다. 그런 날과 그런 순간이 전부는 아닐 거라고. 누군가가 너를 발견할 거라고. 외로움도 공허함도 잠시 멎는 순간이 있을 거라고 말이다.

#17

+

어떤 식으로든 사랑할 수 있으니

"

사랑이 억지로 만들어지지 않는 만큼,

어떤 식으로든 사랑할 수 있으니,

어떤 식으로든 지켜낼 수 있다고.

"

지금은 죽은 단어가 됐지만, 학창 시절 전반을 이루는 단어가 있었다. 바로 두발 자유. 학교에는 머리 길이와 스타일에 대한 규정이 있었다. 학교 선생님들은 교문에서, 그리고 학교 복도에서, 교실에서 아이들의 머리를 나무랐다. 몇몇 선생님은 나무라는 것으로 그치지 않고 직접 가위를 가져와 자르기도 했다. 지금 생각해 보면 정말 말도 안 되는 일이지만 그때의 우린 당연한 듯 받아들였다. 사회적인 분위기가 그랬으니까.

두발에 대한 규제는 아이들의 성적, 학교의 이미지와 크게 연결됐다. 학교의 이미지는 알겠는데, 성적은 정말 모를 노릇이다. 머리가 길면 성적이 떨어지는 것도 아니고, 긴 머리를 다시 자른다고 해서 성적이 오르는 것도 아닐 텐데 머리에 신경을 쓰는 순간 외모에 대한 신경을 쓰는 것이고, 그렇게 되면 연애를 할 것이고, 그렇게 되면 성적이 떨어질 것이라는 게 논리였다. 그러니까, 학교에선 정확한 단어로 표현하진 않았지만 결론적으로 연애를 하지 말라고 말하고 있었다.

영화 〈더 랍스터〉의 사회는, 내가 다녔던 학교와는 정반대의 시스템을 가졌다. 〈더 랍스터〉에서는 사랑을 해야만 한다. 무조건 배우자가 있어야 하고, 배우자가 세상을 떠났으면 또 다른 사람과 다시 사랑해야 한다. 주인공 데이비드(콜린 파렐 분)는 혼자인 사람들을 모아놓는 호텔로 이송된다. 그곳에선 45일 이내에 배우자를 찾을 마지막 기회가 주어지고, 만약 실패하면 동물로 변하게 된다.

45일이라는 시간은 생각보다 길지 않아 주인공은 금세 7일이 남은 상태가 됐다. 그때, 데이비드는 비정한 여인(안젤리키 파풀리아 분)에게 접근한다. 피도 눈물도 없는 그녀의 비정함에 맞춰, 데이비드도 비정한 사람처럼 굴면서, 그들의 관계가 시작된다. 그러나 그런 비정한 모습은 진짜 데이비드의 모습이 아니었고, 그걸 눈치챈 여자는 거짓으로 꾸민 관계는 용납 안 되는 거 알지 않냐며 데이비드를 해

치려고 한다. 데이비드는 여자에게서 도망치고, 호텔을 빠져나온다.

호텔을 벗어나 도착한 숲에는 또 다른 시스템이 있었다. 숲에선 호텔과 정반대로 사랑을 절대 해서는 안 됐다. 음악도 혼자 들어야 하고, 춤도 혼자 춰야 하며, 절대 서로에게 수작을 부려서는 안 되는 곳이다. 여기에도 처벌이 있었다. 그것도 엄지손가락 절단, 겨드랑이에 뜨거운 계란 넣기, 입술을 면도날로 벤 상태로 키스를 하게 만드는 등 잔인하고 폭력적인 처벌. 데이비드에게 숲속 생활에 필요한 물품을 주는 남자도 며칠 전에 면도날 키스 처벌을 받은 상태였다. 그러니까, 사랑을 찾기 싫어 호텔에서 나온 사람들끼리 숲속에서 사랑을 하는 것이었다.

영화는 내내 시스템이 사랑에 관여하는 모습을 기괴하게 그려낸다. 그렇지만 그런 가혹한 벌칙만 빼면, 영화 속 이야기가 마냥 상상만은 아니다. 실제 삶에서의 출산 정책도 그렇고, 아무렇지 않게 사랑을 권유하며, 처음 얘기한 내가 다닌 학교의 두발 단속과 같이 사소하지만 사랑을 억압시키는 것들이 분명하게 있다. 그런 모든 것들에 대해 영화 〈더 랍스터〉는 아마도 이렇게 말하는 것 같다. 억지로 되는 게 아니라고.

하지만 영화는 한 가지 질문을 더 하고 있다. 시스템도 시스템인데, 사람들에게 묻는다. 진정한 사랑이 정말 존재한다면, 진정한 사랑을 할 수 있겠느냐고. 숲속 무리는 호텔에 침입해 한 부부를 위협한다. 남자에게 총을 주며 아내를 얼마나 사랑하냐고 묻고, 아내를 쏘라고 한다. 남자는 총을 쏜다. 총알은 없다. 팅- 하는 가벼운 소리가 그들의 앞날에 있을 불행에 방아쇠를 당긴다. 대장의 얼굴에 미소가 지어진다. 데이비드도 절름발이 남자가 있는 요트로 가 그의 가족에게 그가 아내와 연결성을 갖고 있는 코피는 사실은 벽이나 딱딱한 나무에 찧어 만드는 가짜 코피라고 말하며 관계에 금을 낸다. 사랑의 실패를 알린 숲속 무리는 축하의 밤을 보낸다.

그럼에도 데이비드는 자신의 사랑이 진짜 사랑이라고 생각한 걸까. 데이비드는 근시 여인(레이첼 바이스 분)과 사랑하기 위해 숲속을 도망친다. 도시로 간 그들은 식당에 들어가고, 데이비드는 종업원에게 음식도 시키지 않고 스테이크 칼을 부탁한다. 데이비드는 칼을 들고, 화장실로 향한다. 데이비드는 여인과 똑같이 자신의 눈도 멀게 하려고 하는데, 어쩐지 칼날은 계속 눈앞에서 멈춘다. 바깥의 여인은 꽤 기다린 모습으로, 영화가 끝난다.

〈더 랍스터〉는 기괴한 상상을 가진 영화로 보이지만, 분명하게 현실에 기반한 영화다. 사랑을 둘러싼 시스템과 인간의 이기심. 그것들을 통해 사랑을 망치는 모습을 보여주며 영화는 이렇게 묻는 것 같다. 처음 보느냐고. 그래서 영화를 보고 나면 혼자이기 싫어서 사랑했던 적이 있는지, 혹은 둘이고 싶어서 공통점을 가지려 노력한 적이 있는지 생각하게 된다. 나아가 호텔, 숲, 도시 같은 장소와 시스템이 정말 사랑에 개입할 수 있냐는 생각까지.

영화를 본 직후에 '감독이 사랑에 비관주의자구나' 싶었는데, 곱씹어 생각해 보면 되려 '변명하지 말라'고 하는 것 같다. 사랑이 억지로 만들어지지 않는 만큼, 이미 시작된 사랑은 어떤 시스템 안에서도 어떤 식으로든 사랑할 수 있으니, 어떤 식으로든 지켜낼 수 있다고.

SCENE 03

**사람에 대한,
사랑에 관한,
물음**

"

사람에 대한, 사랑에 관한, 물음은

Asked에 올려주신 글을

작가가 답을 했던 내용입니다.

"

Q

사랑은 존재할까요? 누군가에게 조건 없이 애
정을 줄 수 있다는 건 어떤 걸까요? 그 조건 없
던 사랑이 식어가는 건 어째서일까요?

A

존재의 유무에 대해 먼저 말해보자면, 제 생각
은 '존재한다'라는 쪽에 가깝습니다. 하지만 문
제는 쉽게 머물지 않는다는 거죠. 조건 없이 애
정을 줄 수 있다는 건 이상한 끌림 같은 거고,
그 사랑이 식어가는 건 아마 사랑이 아니라 충
동이나 외로움을 사랑으로 착각해서 그러지 않
을까 싶어요. 그렇지만 이상하게도 연애 관계
안에서 순수한 마음으로 굴었던 찰나의 순간들
이 유효하게 남아있어요. 때문에 저는 존재한다
는 쪽에 가까운 마음입니다.

Q

연인에게 사랑의 감정을 듬뿍 받고 있긴 한데 인스타그램으로 티를 안 내요. 유치하면서도 확인받고 싶은 마음이라 먼저 말하기는 싫고, 인스타에도 게시글이나 사진 등을 올렸으면 좋겠는데, SNS에 티를 안 내는 이유가 뭘까요?

A

2021 젊은 작가상에 실린 김지연 작가님의 〈사랑하는 일〉인데요. 거기에 이런 말이 나와요. "저는요, 소문내고 싶어요. 점심으로 맛있는 우동을 먹어도 소문내고 싶은 게 사람 마음이잖아요. 길 가다 귀여운 고양이를 만나도 소문을 내는 게 인지상정이라고요. 근데 우리 은호 좀 보세요. 얼마나 귀여워요" 저도 같은 고민을 했던 적이 있었는데, 이 글을 읽고 답답함이 한 번에 풀렸습니다. 확인받고 싶은 마음은 당연한 거예요.

Q

남자친구랑 다투다가 상처를 줬고 제 말에 마음이 식었다며 헤어졌어요. 이렇게 헤어지는 건 아닌 거 같다고 생각했는데, 이틀 뒤 장문의 메시지로 정말 사랑했고 잘 지내라고 하더라고요. 제가 만나서 헤어지자고 했어요. 붙잡고 싶어서요. 며칠 만에 재회했는데, 당연한 거겠지만. 잘해주던 모습이 사라져서 슬퍼요. 다시 잘해보자고 받아준 남자친구지만 변해있는 모습이 마음 아픈데 기다린다고 예전같진 않겠죠?

A

언젠가 혼자 한 생각인데, 헤어졌다가 만나는 일이 사실 다시 만나는 일이 아니라 제대로 헤어지기 위한 과정이라는 생각이 들었어요. 마음 다 쓸 때까지 만나보는 거죠. 이 과정이 헤어지기 위해서 필요한 과정이라고 생각하고 그 과정에선 슬픔보다 무서운 무감함이 느껴지겠지만, 그걸 통과해내는 게 헤어짐인 것 같아요. 다만 덜 아프길 바랍니다.

Q

사랑하는 엄마가 저 때문에 상처받는 날이면 너무 괴로우면서도 일어난 일을 다시 겪게 된다면 저는 또 똑같은 행동을 할 것만 같아요. 저라는 인간이 참 모순적이고 너무너무 미워서 자책하게 돼요. 상처 주지 않는 그런 사랑은 없는 걸까요. 제 첫 단추가 어쩌면 틀린 걸까요?

A

저도 어느 정도 느껴봤던 감정인 것 같은데, 저 같은 경우 뭐라고 해야 할까요. 쉽고 가벼운 용어로 따지자면 '입덕 부정기'였어요. 너무 사랑해서 사랑하지 않는 척을 한 거죠. 말이 좀 이상한데, 사랑하면 너무 많은 게 오가잖아요. 그게 무서웠던 것 같아요. 아마 상처 주지 않는 사랑은 없는 것 같아요. 영화 〈레이디 버드〉를 추천합니다. 결국 사람에겐 미움보다 사랑이 더 강한 감정이라고 생각해요.

Q

몇 년간 짝사랑했던 친구가 있어요. 이미 고백도 한 번 했는데 그 친구는 그냥 단지 친구로만 지내는 게 좋다고 하더군요. 아무리 누군갈 만나서 사랑하고 좋아하는 감정을 키워도 결국 헤어지거나 연애를 시작할 때 그 친구로 되돌이표가 되더라고요. 제가 이상한 걸까요. 누군갈 이렇게 순수하게 좋아할 수 있다는 게 신기하면서도 씁쓸한 기분이에요.

A

드라마 〈그들이 사는 세상〉에서 드라마 PD인 준영과 작가 서우의 대화가 왠지 답변에 어울릴 것 같아서 적겠습니다. 순수한 만큼 그리운 것도, 한 번뿐인 것도 없는 것 같아요.

준영 : 맨날 한 남자, 한 여자에 목매는 사랑 이야기 왕 짜증나. 우리도 이제 미드같은 쿨한 사랑 얘기 좀 하자. 걔들 얼마나 쿨해. 만나면 만

나고, 헤어지면 헤어지고. 그걸 통해 인간의 욕
정이나 비속함을 말하고. 무슨 첫사랑의 순정?
인간은 인간을 통해서 성숙해지는 거라고, 이제
좀 당당히 말할 때도 되지 않아?

서우 : 맞는 말이다

준영 : 맞는 말이다, 말로만 하지 말고 드라마도
좀 그렇게 써

서우 : 근데 〈그레이 아나토미〉의 그레이도 〈섹
스 앤 더 시티〉의 캐리도 결국은 극 중의 첫 번
째 남자한테 돌아가는 건 어떻게 생각해? 난 인
간이 순정에 허덕이는 건 본능이라고 본다. 무
수한 순정에의 향수. 너무들 착하고 싶은 거지.

Q

사랑에 결과가 있을까요? 흔히 생각하는 결혼
같은 도착 지점 말고요.

A

저는 왠지 '무한함'이 떠올랐습니다. 끝이 없고,
끝을 생각할 수 없는 무한함을 느낄 수 있다면
그게 저는 사랑의 결과라고 생각해요. 실제로
무한함이 이 세상에 존재하지 않더라도 그런 감
정을 느끼는 신비로운 경험인 거죠.

Q

장거리 연애에 대해 어떻게 생각해요?

A

왜 식물 중에서 물을 매일 줘야하는 식물이 있고, 한 달에 한 번만 주면 되는 식물이 있는 것처럼 사람도 비슷하지 않나 싶어요. 단순히 가능하다/불가능하다는 차원은 아니라고 생각해요.

Q

사람은 다 변하나 봐요. 매번 연애 초반엔 '이
사람은 정말 꾸준하고 영원한 사랑을 줄 것 같
아'라고 생각하는 데 항상 아닌 걸 깨닫네요. 변
하는 것이 아니라 본 모습으로 돌아간다는 말이
더 맞을 것 같네요. 그 과정에서 오는 허탈함이
힘들어요.

A

그러게요. 변해버릴 마음은 필요 없는데 말이에
요. 저는 그런 모습을 20대 내내 반복해서 보다
보니 나중에는 관계를 시작하는 시점에서도 '얘
는 언제쯤 본색을 드러낼까?' 하는 궁금증이 생
기더라고요. 그렇지만 더 이상 참고 버티고 용
서하는 연애를 하지 않기로 마음먹었기 때문에,
그런 순간이 오면 바로 헤어졌습니다. 너무 참
고 버티고 용서하는 연애는 하지 않길 바랄게
요.

Q

마음의 크기 차이에서 오는 서운함은 어떻게 해
야 할까요?

A

더 좋아하는 쪽은 어쩔 수 없어요. 기다리는 수
밖에

Q

항상 감정이 뜨거워지는 걸 느끼면 뒤로 물러서
요. 감정이 뜨거워지는 게 부담스럽기도 하고,
이성적이지 못한 제 모습도 뭔가 창피하다고 느
껴져요. 그래서 사랑을 못 해요. 어려워요.

A

트위터에 돌아다니는 말 중에 제가 정말 좋아
하는 말이 있어요. '나를 어른스럽게 만드는 사
람 만나지 마라. 나를 유치하게 만드는 사람 있
으면? 결혼해라. 자신을 어른스럽게 만드는 사
람을 만나면 발전적인 것 같지만 사실상 사회적
으로 학습한 역할을 잘 수행하지 못하면 상대가
실망할 것이라는 불안을 안고 가야 한다는 점에
서 차라리 나를 유치하게 만드는 사람을 만나라
는 조언을 했다. 미성숙한 모습을 보여줘도 실
망하거나 떠나지 않을 사람을 만나' 부디 유치
하게 사랑하길 바랍니다.

Q

2년 전에 이별을 했는데, 작년부터 그 사람을 다시 잡고 싶어졌습니다. 그 사람이 그리운 걸까요? 아니면 그 사람과의 시간이 그리운 걸까요?

A

혹시 잡고 싶다는 마음이 들었을 때의 일상은 어땠나요? 보통 일상이 만족스럽지 못한 느낌으로 흘러가면 어떤 시기 또는 사람을 그리워하는 확률이 높은 것 같아요. 누군가 자신을 소중히 대해주는 그 경험. 하루 종일 누구에게도 어떤 사람이 아니다가 그 사람에게만은 1순위인 그 경험이 그리운 건 아니었을까 싶네요. 물론 만족스러운 일상을 보냈어도 생각이 날 수도 있겠지만요. 생각보다 인간이 너무 단순해서요.

Q
사무치게 그리운 사람이 있을 때 어떻게 극복해
야 할까요?

A
저 같은 경우 어떤 날엔 보고 싶다는 말을 허공
에라도 발음하기도 하고, 어떤 날엔 일기에다
모든 감정을 써봅니다. 그리움도 어느 정도는
꼭 배설해야 하는 것 같아요. 그렇지만 저는 영
화 〈태풍이 지나가고〉에서 스치듯 나온 '누군가
의 과거가 될 용기'라는 대사가 기억에 남아 저
에게 자주 되뇝니다. 극복이라 하신 만큼, 용기
낼 수 있길 바랍니다.

Q

저를 좋아한다는 사람이랑 연애했어요. 첫 연애
라 을이 되는 연애를 자처하고 퍼주는 연애를
했어요. 그게 사랑이라고 생각했거든요. 근데
상대방이 이젠 너무 바빠서 연애할 여유가 없대
요. 혼자 편하게 지내고 싶대요. 버림받은 저 자
신이 너무 불쌍해서 맨날 엉엉 울고 있어요.

A

에리히 프롬 〈사랑의 기술〉이라는 책에 이런 문
장이 나옵니다. '대부분의 사람들은 사랑의 문
제를 '사랑하는'이 아니라 '사랑받는' 문제로 생
각한다. 그들에게 사랑의 문제는 어떻게 하면
사랑받을 수 있는가, 어떻게 하면 사랑스러워지
는가 하는 문제이다.' 그러니까 사랑은 근본적
으로 '받는 게' 아니라 '하는 거'라고 합니다. 더
많이 사랑하고 열심히 사랑했으니 버림받은 건
아니라고 생각해요. 그런 태도를 가진 사람과의
연애 때문에 울지 말고, 할 일과 취미, 친구들과
의 만남으로 시간을 잔뜩 보내요.

Q

한 해가 끝나가는데 뒤처지는 것 같고 미래가
까마득하고 앞으로 뭘 할 수 있을지도 모르겠어
요. 열심히 산다고 바뀌는 게 있을까요. 모든 게
무기력해요. 마음에 여유가 없으니 주변 사람에
게 예민해지고 이런 모습이 너무 싫어요. 나를
더 사랑하고 싶은데, 그 방법을 모르겠어요.

A

자신을 사랑하지 않아도 괜찮다고 말하고 싶어
요. 그렇게 어려운 게 어디 있을까요? 연말이 되
면 저도 생각이 많아지고 보통 우울감에 가까워
집니다. 그래서 그 시기엔 영화나 책 등을 통해
사람들 속에 간접적으로 머무르려고 노력합니
다. 사람들 사이에서 시간을 보내다 집으로 돌
아가는 길에 했던 말을 곱씹으며 후회하는 것보
단 낫더라고요. 저는 서로에게 '너 자신을 사랑
해야지'라고 말하기보다는 그냥 정말로 서로를
사랑해주면 좋지 않을까 늘 생각합니다. 단순하
고 행복하게 삶을 바라볼 수 있기를.

Q

사랑이 깊어질수록 고민이 생겨요. 닥치지도 않은 미래에 대한 걱정이지만, 상대방이 갑자기 멀리 떠날 것만 같아요. 그래서 시도 때도 없이 오래 함께하고 싶고, 헤어질 때마다 아쉽고 계속 보고 싶어요. 아무런 문제가 없는 데 벌써 마음이 아픈 건 왜일까요?

A

상대방이 떠나갈 것만 같은 막연한 불안감도 좋아하면 어쩔 수 없다고 생각해요. 그래도 그만큼 좋아해 보는 건 해볼 만한 일 같아요.

Q

사랑하는 사람이 저에게 선을 긋는 모습이 눈에
너무 보여요. 처음에는 괜찮다고 생각하고 주는
사랑을 했는데 시간이 지날수록 외로움이 크게
다가와요. 이 사람을 좋아하는데 외로운 순간들
이 올 때마다 무너지는 기분이라 점점 견디기
힘들어져요. 헤어짐이 아닌 다른 방법은 없을까
요?

A

그분 말고 사랑할 무언가를 찾는 건 어떨까요?
취미여도 좋고, 다른 사람들과의 시간도 좋고.
참 아이러니하지만 연애하면서 상대방밖에 없
으면 안 되는 것 같아요. 그 사람이 전부인 것도
꽤 좋은 일이지만 정말로 그 사람밖에 없으면
안 되더라구요. 그러니까 인간한텐 '사랑'이 필
요한 거지, 어떤 '사람'이 필요한 건 아닌 것 같
아요.

Q

조금 있으면 개학해요. 좋아하는 친구가 있는데, 그 친구를 어떻게 하면 더 자주 볼 수 있을까요? 학년도 다르고 진짜 더 눈에 띄고 싶고, 보고 싶어요.

A

영화 〈500일의 썸머〉에 이런 대사가 나와요 '운명은 없고 노력만 있다.' 노력으로 사랑에 가까워지길!

Q

아무래도 사랑이란 영원한 숙제인듯 싶어요. 사랑이라고 느꼈던 시기도 있었고, 이게 사랑일까? 의문이 들 때도 있었는데 아직도 '사랑'이라는 단어에 진실한 해답을 찾을 수 없었네요. 감정 없이 사랑한다는 말도 해봤고, 들키지 않고 싶은 마음에 사랑한다고도 해봤어요. 솔직한 사랑을 해보고 싶어요.

A

나이를 먹어가면서 순수한 감정으로 위해주는 관계가 점점 없어지는 것 같고, 앞으로도 생기긴 할까 하는 생각을 해요. 죽을 것 같이 좋아했던 사람에게도 시간이 지나면 마음이 동요하지 않더라고요. 슬프긴 하지만 점점 무미건조하고 덤덤한 만남과 이별이 많아져요. 하지만 그런 마음에도 순수함이 계속 숨어있는 것 같아요. 영화 〈멋진 하루〉를 추천드려요. 헤어진 연인을 다시 보면서 한때 내가 이래서 좋아했구나, 하는 진한 마음이 덤덤하게 드러나는 영화입니다.

Q

사랑을 두려워하는 것만큼 어리석은 건 없다는
데, 사랑이 두려워요. 상처받고 싶지 않고 책임
지고 싶지도 않아요. 너무 어린 마음일까요?

A

왜 그런 말 있잖아요. '편하게 살고 싶으면 혼자
살고, 행복하게 살고 싶으면 같이 살아라' 책임
이라는 단어엔 무거움만 있는 것 같지만, 그것
만 지니고 있는 단어는 아니라고 생각해요.

Q

헤어진 지 얼마 안 됐어요. 잊는 게 너무 힘들어
요. 몸의 일부분이 떨어져 나간 기분일 때 어떻
게 하면 이겨낼 수 있을까요?

A

모든 일을 가장 천천히 할 수 있는 방법으로 해
보는 걸 추천해 드립니다. 집까지 늘 가던 길 말
고 돌아서 멀리 걸어가기, 사 먹는 거 말고 만들
어 먹기, 주문하지 말고 가서 보고 사 오기 등.
시간이 해결해 주는 일이라 취미에 집중해도 좋
을 거에요.

Q

사랑은 참 힘든 것 같아요. 사람들은 이 힘듦을
참고, 사랑을 위해 희생하는 거예요?

A

그렇죠. 힘듦 끝에 사랑이 있고, 언젠가는 무언
가 날 보듬어 줄 거라고 생각하는 거죠. 왜 그러
는지 알 수 없지만 저도 그렇고, 인간 불쌍해요.

Q

처음부터 사랑하지 않는 것은 쉬워요. 사실 그렇게 사람을 쉽게 사랑하지 못하거든요 다만 사랑했던 사랑하는 사람을 사랑하지 않는 법을 아직은 모르겠어요.

A

그러게요. 사랑하고 마음 주는 법 누가 알려주고 어디서 배워와서 이렇게 고생하고 살까요.

영화가 내게 말을 걸다

펴낸날   초판1쇄 인쇄 2023년 03월 21일
          초판1쇄 발행 2020년 04월 01일

지은이   이상은
펴낸이   최병윤
편집자   이우경

펴낸곳   알비
출판등록   2013년 7월 24일 제2022-000213호
주소   서울시 마포구 월드컵로10길28, 202
연락처   전화 02-334-4045 팩스 02-334-4046

종이   일문지업
인쇄   수이북스

ⓒ이상은
ISBN   979-11-91553-55-0   03810
가격   13,500원